गिरीश कारनाड

1938, माथेरान, महाराष्ट्र में जन्मे गिरीश कारनाड की मातृभाषा कन्नड़ है। गणित की सर्वोच्च परीक्षा में सफल होकर 'रोड्स स्कॉलर' के रूप में ऑक्सफ़ोर्ड गए।

1963 में ऑक्सफ़ोर्ड यूनिवर्सिटी प्रेस, मद्रास में नौकरी। 1970 में 'भाषा फ़ेलोशिप', नौकरी से त्याग-पत्र और स्वतंत्र लेखन की शुरुआत। पहला नाटक 'ययाति' 1968 में छपा और चर्चा का विषय बना। 'तुगलक' के लेखन-प्रकाशन और बहुभाषी अनुवादों-प्रदर्शनों से राष्ट्रीय स्तर के नाटककार के रूप में प्रतिष्ठा। 1971 में 'हयवदन' का प्रकाशन, अभिमंचन। 2015 में 'बलि'; 2017 में 'शादी का एलबम', 'बिखरे बिम्ब और पुष्प'; 2018 में

'टीपू सुल्तान के ख्वाब' का प्रकाशन। पूना के फ़िल्म संस्थान में प्रधानाचार्य, त्याग-पत्र और इस नए सशक्त अभिव्यक्ति-माध्यम के प्रति दिलचस्पी। सन् 1988 से कुछ वर्ष पहले तक 'संगीत नाटक अकादेमी', नई दिल्ली के अध्यक्ष रहे।

'संस्कार', 'वंशवृक्ष', 'काडू', 'अंकुर', 'निशान्त', 'स्वामी' और 'गोधूलि' जैसी राष्ट्रीय-अन्तरराष्ट्रीय स्तर पर पुरस्कृत एवं प्रशंसित फ़िल्मों में अभिनय-निर्देशन। 'मृच्छकटिक' पर आधारित फ़िल्मालेख, 'उत्सव' के लेखक-निर्देशक तथा एक लोकप्रिय दूरदर्शन धारावाहिक के महत्त्वपूर्ण अभिनेता के रूप में बहुचर्चित।

सम्मान : 'तुगलक' के लिए 'संगीत नाटक अकादेमी पुरस्कार', 'हयवदन' के लिए 'कमलादेवी चट्टोपाध्याय पुरस्कार', 'रक्त कल्याण' के लिए 'साहित्य अकादेमी पुरस्कार' तथा साहित्य में समग्र योगदान के लिए 'भारतीय ज्ञानपीठ पुरस्कार'।

निधन : 10 जून, 2019

ययाति

गिरीश कारनाड

अनुवादक
बी.आर. नारायण

राधाकृष्ण पेपरबैक्स

पहला पुस्तकालय संस्करण
राधाकृष्ण प्रकाशन प्राइवेट लिमिटेड द्वारा
1979 में प्रकाशित

राधाकृष्ण पेपरबैक्स में
पहला संस्करण : 2016
पाँचवाँ संस्करण : 2026

राधाकृष्ण पेपरबैक्स : उत्कृष्ट साहित्य के जनसुलभ संस्करण

राधाकृष्ण प्रकाशन प्राइवेट लिमिटेड
जी-17, जगतपुरी, दिल्ली-110 051
द्वारा प्रकाशित

शाखाएँ : अशोक राजपथ, साइंस कॉलेज के सामने, पटना-800 006
पहली मंजिल, दरबारी बिल्डिंग, महात्मा गांधी मार्ग, प्रयागराज-211 001
1, अनमोल सोराबजी सन्तुक लेन, धोबी तलाव, मरीन लाइंस, मुम्बई-400 002
वेबसाइट : www.radhakrishnaprakashan.com
ई-मेल : info@radhakrishnaprakashan.com

बी.के. ऑफसेट
नवीन शाहदरा, दिल्ली-110 032
द्वारा मुद्रित

मूल्य : ₹ 199

YAYATI
Play by Girish Karnad

ISBN : 978-81-8361-822-9

पात्र-परिचय

(प्रवेशानुक्रम में)

सूत्रधार

नटी

देवयानी : ययाति की पत्नी,
शुक्राचार्य की बेटी

स्वर्णलता : देवयानी की दासी

शर्मिष्ठा : असुर राजा की बेटी, देवयानी की सखी तथा दासी

ययाति : चन्द्रवंश का राजा

पुरु : ययाति का बेटा

चित्रलेखा : पुरु की पत्नी, अंगदेश की राजपुत्री

अंक : एक

[रंगमंच पर से अँधेरा हटने से धीरे-धीरे प्रकाश होता है। पृष्ठभूमि में वाद्य-ध्वनि, नृत्य-संगीत की झंकार आरम्भ में धीरे-धीरे सुनाई देती है, बाद में वह बढ़ती जाती है। दो मिनट तक संगीत चलता है, बाद में सूत्रधार का प्रवेश। उसके जरा पीछे नटी का भी प्रवेश। सूत्रधार एक बार उसकी ओर देखता है। बाद में प्रेक्षकों का अभिनन्दन करता है।]

सूत्रधार : *(हाथ उठाकर)* अलमिति विस्तरेण।

[पृष्ठभूमि में संगीत कम होता है, अन्त में रुक जाता है।]

मैं सूत्रधार हूँ। यहाँ एकत्र रसिक समाज को एक नाटक दिखाना चाहता हूँ। यह एक पौराणिक नाटक है। हमारे अज्ञात भूतकाल का एक पृष्ठ ! भूतकाल की ओर देखनेवाला व्यक्ति, राह भूलकर किसी अज्ञात संस्कृति के अवशेषों से भरी एक समाधि के भीतर उतरे व्यक्ति के समान है। विगत समय की प्रतिध्वनियों को उसे वर्तमान के कानों से सुनना पड़ता है।

हम सब वैसे ही हैं जैसे नदी किनारे बैठे नदी के हरे

तल के विचित्र विश्व को निरखने वाले स्वप्नजीवी। नदी के प्रवाह में होने वाले अपवर्तन और परावर्तन उसकी दृष्टि के परिणाम हैं। उन सबको सत्य के रूप में स्वीकार करने में ही उसका आनन्द है, रसिकता है। इसके अतिरिक्त नदी के तल को ठीक तरह से देखना हो तो उसमें अपना प्रतिबिम्ब डालना चाहिए। उस सत्य का परिचय ही उसका जीवन होता है।

यहाँ भी वही बात है। आप जिस जीवन को देखेंगे, वह पौराणिक होने पर भी मुख्य रूप से नाटक है। उसमें जो घटनाएँ घटती हैं और उनमें जो अपवर्तन और परावर्तन होते हैं, उन्हें स्वीकार किए बिना और कोई चारा नहीं है। पुराण का सत्य नाटक के पात्रों के लिए, उनकी क्रियाओं के लिए, रंगमंच की लम्बाई-चौड़ाई तक सीमित है। यह पूर्वजों की कहानी होने पर भी उसको देखते समय हम अपने जिस प्रतिबिम्ब को उसमें देखते हैं, उसे उसी के एक भाग के रूप में स्वीकार करना हमारा दायित्व है।

इस दायित्व के भार से न रसिक बच सकता है न विद्वान्। इस प्रकार के दायित्व में ही हमारे जीवन का आनन्द है। मानो गत यौवन को ढूँढ़ने के लिए झुका वृद्ध, पाप के अंधकार से ठोकरें खाकर थका भक्ति के अँधेरे को टटोलकर चलने वाला वैरागी, मृत्यु की चेतावनी के समान और अविस्मरणीय याद की भाँति मेरे पीछे चुपचाप चली आने वाली यह मूक नटी, इन सबके रास्तों में एक ही बात थी। बोधिवृक्ष नहीं, जिम्मेदारी की सलीब है। उसी को उठाकर घूमना पड़ता है और अन्त में उसी पर लटक जाना पड़ता है। हाँ, मैं भूल गया...आज हमारे

रंगमंच पर अन्तःपुर का दृश्य सजाया गया है। ययाति के महल की ऊपरी मंजिल का एक अन्तःपुर। ययाति का बेटा पुरु विद्याभ्यास समाप्त करके अपनी यात्रा से लौट रहा है। अपने साथ अंगदेश की राजकुमारी चित्रलेखा को नववधू के रूप में ला रहा है।

[तब नटी पिछले वातायन के पास जाकर बाहर देखती है। सूत्रधार भी वहाँ जाकर बाहर देखकर वापस आता है।]

महल के बाहर के आँगन में जनता एकत्र हो रही है--युवराज और युवराज्ञी को देखने के लिए। उन सबके मुँह पर कौतूहल है। *(हँसकर)* उन दोनों को आना चाहिए। इस तूलिकातल्प पर एक इन्द्र की सृष्टि होनी चाहिए। राजकुमार को यहाँ नवजीवन का बीज बोकर मृत्यु के वसन्त को काटते जाना चाहिए। राजकुमारी को वीर भरतकुमारों द्वारा शैशव में किए जाने वाले दाँतों के चिह्न अभिमान से अपने स्तनों पर धारण करने चाहिए। पर इच्छा की पूर्ति तो केवल नक्शे पर अंकित रास्तों में होती है। हमारे सामने नक्शे नहीं हैं पर दो राहों पर केवल मकड़ी के जाले हैं।

कभी-कभी रास्ते में दूर तक चलते समय, दो रास्ते निकल नहीं आते ? हम केवल एक को चुन सकते हैं। उस पर चलते समय हमें हमारा सही उद्देश्य भी दिखाई देता है। पर हमारे पीछे कानों से न सुनी हुई एक ध्वनि प्रवेश करती है, "उस दूसरे रास्ते में जाते तो क्या होता ?" बहुत कुछ हो सकता था। पर...

उस रास्ते का रहस्य उसी में रहस्य होकर ही रहना चाहिए। हमें अपने हल को उठाकर आगे चलना चाहिए।

हमने जो नानी की कहानी गढ़ी है, उसी के अनुसार हमें जीना चाहिए। यही जीवन का दुःखान्त प्रयोग है। यही आशावाद का मूल है। यही हमारा नाटक है। आगे की बात मैं कैसे कह सकता हूँ ? मैं केवल एक सूत्रधार हूँ। मेरी उँगलियों से चलायमान अदृश्य सूत्र मुझे भी दिखाई नहीं देते, पात्र भी दिखाई नहीं देते। दिव्य-चक्षु हो तो आप देख सकते हैं, यदि न भी दिखे तो भी चल सकता है। पात्र अभिनय करते हैं, अनुभव भी करते हैं; रंगमंच पर जो प्रकाश दिखाई देता है, उस पर अपने रास्ते पर चलते हैं। मेरा और आपका उससे सम्बन्ध नहीं है। अपने-अपने पाप-पुण्यों की गठरियों को खोलकर, थोड़ी देर के लिए, वर्तमान में विश्राम करने के लिए वे पात्र आए हैं। उन्हें देख-भर लेना हमारा काम है, यही हमारा नाटक है।

[नमस्कार करता है। धीरे से रंगमंच पर अँधेरा होता है। रंगमंच पर फिर से प्रकाश होता है, तब पलंग पर देवयानी बैठी है। स्वर्णलता पलंग के पाये का सहारा लिये बैठी है। देवयानी उसे सान्त्वना दे रही है।]

देवयानी : रो मत स्वर्णा ! कितनी बार मैंने तुमसे कहा था कि तुम उसकी बात की ओर ध्यान न दो। उठो, अब भी अन्तःपुर को सजाना है।

स्वर्णलता : उस चंडालिन...आप न रोकतीं तो उसका झोंटा उखाड़ लेती...दिखा देती उस राक्षसी को। ये चुभने वाली बातें, यह वेदना ! आपने भी सुना देवी, मेरी निन्दा करने पर भी मैंने मुँह तक खोला ? बाद में महाराज और मुझे... छि...अन्त में उसने मेरे पति की भी निन्दा की। हाय !

उसे याद करना भी...।

देवयानी : पगली, उसकी जबान ही ऐसी है, तुम्हें मालूम नहीं ? उसकी ओर ध्यान देना भी गलत है।

स्वर्णलता : *(तुनककर)* मेरी क्या गलती है ? मेरे पति ने मुझे छोड़ दिया इसलिए ? आप ही बतलाइए, मैं...

देवयानी : *(ऊबकर)* मेरी ही गलती है, स्वर्णा ! तुम्हारे पास शर्मिष्ठा को छोड़ना ही गलती है। मुझे यह कल्पना तक नहीं थी कि वह ऐसी बात करेगी मानो उसकी आँखों में पानी न हो। आगे से उसे तुम्हारे पास नहीं आना चाहिए।

स्वर्णलता : पर आप भी यह सब क्यों सहन करें ? उसे उन राक्षसों के पास फिर क्यों नहीं भेज दिया जाता ?

देवयानी : शर्मिष्ठा की बातें ही ऐसी हैं। पर उसका मन बुरा नहीं है। जाओ, काम शुरू करो। पुरुराज पहली बार मुझसे मिल रहे हैं, सब ठीक होना चाहिए।

स्वर्णलता : दो वर्ष सहन किया। वह असह्य होता जा रहा है...कल उसने महाराज की एक साँस में कैसी निन्दा की ! आप उसको सान्त्वना देने गईं, तो आपको देखकर वह चली गई। तब भी आपने उसी को खुश करने की बात क्यों की ? उसके विरोध में एक भी शब्द, एक भी अक्षर क्यों नहीं कहा ? वह आपकी सखी है, सच है। पर वह आपकी दासी भी है।

देवयानी : *(चिढ़कर)* हूँ, अब बेकार की बात मत बढ़ाओ। चुप रहो।

स्वर्णलता : इस बार क्षमा कीजिए। एक बात कहूँ ? मैं आपसे उम्र में बड़ी हूँ, गुस्सा न करें तो कहूँ।

देवयानी : *(अनिच्छा से)* कहो...जल्दी खत्म करो।

स्वर्णलता : यों ही आप उससे तंग न होइए। भोग के समान वेदना भी एक व्यसन होती है, देवी ! एक बार उसका स्वाद लग

जाए तो उसके बिना जीना दूभर हो जाता है। तब उससे मृत्यु अच्छी लगती है।

देवयानी : *(चौंककर)* यह क्या स्वर्णा ? तुम ऐसी बातें करोगी; इसकी कल्पना तक मुझे न थी।

स्वर्णलता : क्यों ? स्वर्णलता को हँसते ही रहना चाहिए या केवल बड़बड़ाते रहना चाहिए, बस यही ?...दिन और रात मेरे दिमाग में आँधी चलती रहती है देवी ! पकड़ में न आनेवाली छायाओं का दैत्य-नृत्य होता रहता है। उन क्रूर विचारों को छिपाए रखने के लिए मैं इस प्रकार बातें करती हूँ, हँसती हूँ, चीखती हूँ और...शर्मिष्ठा को देखने पर घबराती हूँ।

देवयानी : उसका और इसका क्या सम्बन्ध है स्वर्णा ?

स्वर्णलता : उसकी बातों में केवल व्यंग्य नहीं है, सत्य भी है। मेरे मन के अँधेरे कोने में जाकर वहाँ छिपे बुरे स्वप्नों को खोदकर निकालने की शक्ति उसकी बातों में है। मैं उसे सहन नहीं कर सकती हूँ।

देवयानी : *(करुणा से)* पगली...

[स्वर्णलता के सिर को धीरे से सहलाती है।]

स्वर्णलता : अब भी हुआ नहीं है, पर हो सकता है। *(सिर उठाकर)* आज पुरुराज यहाँ आ रहे हैं न ?...उससे पहले ही मैं आपसे कह रही हूँ। शर्मिष्ठा के क्रोध से डरने की जरूरत नहीं है। सत्य से चुभनेवाले उसके शाप से डरना चाहिए...सबसे भयंकर यह है कि उसे अपने भीतर रहनेवाली इस शक्ति से उसका परिचय नहीं है।

देवयानी : *(विचलित होकर)* इधर-उधर की मत हाँको स्वर्णा ! शर्मिष्ठा के बारे में तुम्हें मुझसे कुछ कहने की जरूरत नहीं है। तुम्हें बात करने का मौका देना ही गलत हुआ। देखो,

पुरुराज के आने में देर हो गई। अभी तक यहाँ सजावट नहीं हुई। अन्तःपुर की सजावट हो गई ?

स्वर्णलता : जी...

देवयानी : जाओ, देख आओ, कहीं दोनों अन्तःपुर ऐसे ही न रह जाएँ।

[स्वर्णलता जाती है। देवयानी पलंग से टेक लेकर आँखें बन्द करती है। आँखों से आँसू बहने लगते हैं। तभी शर्मिष्ठा बिना आहट के आकर वहाँ खड़ी हो जाती है। देवयानी हिचकियाँ लेती है।]

शर्मिष्ठा : *(मृदु स्वर में)* देवी !

[देवयानी चौंककर उसकी ओर देखती है।]

(कुत्सित ध्वनि में) तुम्हारी वह प्यारी चली गई। इसीलिए भीतर आई। बेचारी, देवी को सखियों का अभाव नहीं खटकना चाहिए।

देवयानी : *(दीन होकर)* शर्मिष्ठा, इस प्रकार कुत्सित बुद्धि से तुम्हारा दासीकार्य नहीं चलेगा। कभी-कभी तुम पर दया आ जाती है मुझे...

(उसकी ओर ध्यान न देकर धीरे-से हँसती है।) तुम्हें घर भेज देने की इच्छा होती है। पर जब तुम्हारी यह कुटिलता देखती हूँ तो मुझे...

शर्मिष्ठा : कुटिलता ? मुझमें ? मेरी कोई गलती हो तो बताओ। सुधारने का प्रयत्न करूँगी। मैं जन्म से असुर-कन्या हूँ। यह क्षत्रियों का महल है, फिर तुम्हारे जैसी ब्राह्मणी। मुझसे कोई भूल हो गई हो...हाँ, यह बात रहने दो, तुम्हारा युवराज आज ही आ रहा है न ?

देवयानी : चुभोओ, चुभोओ और चुभोओ। बाहर एकत्र लोगों के सामने जाकर बको, पर...वह स्वर्णलता बेचारी परित्यक्ता

है।...उस पर क्यों आग उगलती हो ? मैंने महाराज से प्रार्थना की इसीलिए उन्होंने उन्हें अब तक सहन किया। एक दिन भी उन्होंने तुम्हें अपशब्द कहे ? दुःख दिया ? उन सब पर जो लावा बरसाना है, वह मुझ पर बरसाओ। मुझे चिन्ता नहीं है। यह हम दोनों के बीच का विवाद है। उन लोगों को छोड़ो।

शर्मिष्ठा : अरी चतुर लड़की ! तुम यहाँ मालकिन हो और मैं दासी हूँ। यह वाद-विवाद की जगह नहीं है, देवी ! तुम्हारा ही आरम्भ किया शतरंज का खेल है। तुमने जब मुझे अपनी दासी बनाया, तब तुम्हारे पिता और मेरे माँ-बाप भी इसी खेल के मोहरे बने। तुमने जब ययाति से विवाह किया तब वह भी आया। स्वर्णलता तुम्हारी प्रिय दासी होकर आई और बाहर जो लोग इकट्ठे हुए हैं न, वे भी आए। आज युवराज और उसकी पत्नी भी आ रहे हैं। उन्हें भी इसके मोहरे बनना पड़ेगा।

देवयानी : शतरंज कहकर तुम आग के साथ आँखमिचौनी खेल रही हो, शर्मिष्ठा ! जरा होश में रहो। आँखें खोलने पर...

[एकदम शर्मिष्ठा के चेहरे का रंग बदल जाता है। बिजली की चंचलता के समान जहाँ व्यंग्य और हास्य था, वहाँ कठोरता छा जाती है। उस परिवर्तन से देवयानी सहम-सी जाती है।]

शर्मिष्ठा : आँखें खोलने पर ! आँखें खोलने पर क्या हुआ ? देखा ? जब मैंने आँखें बन्द की थीं तब मैं असुर-कुल की राजकन्या थी। तुम हमारे राज्य की ब्राह्मण-कन्या थीं। मुझमें रूप, विद्या, धन--सभी कुछ तो था। एक आर्यकुल की बात छोड़कर तुम्हारी सम्पत्ति क्या थी--तुम्हारे बाप के पास की एक संजीवनी के सिवा ? फिर भी मैंने सखी के

रूप में तुम्हारी पूजा की। तुमने जो भी माँगा, दिया। मेरे दादा के श्राद्ध पर हीरे-मोती से बना शंख तुमने अपने लिए माँगा था, याद है ? उस शंख का क्या हुआ ? यह मेरे पिताजी को आज तक मालूम नहीं...मेरी आँखें खुलीं। मेरे लिए जो प्राप्य था, वहीं तुम आर्यकुल की रानी बन गई थीं और मैं बनी तुम्हारी दासी। अब मेरी आँखों पर पलकें नहीं हैं। देवता की तरह, मछली की भाँति, शव के समान मैं बिना पलकों के जिन्दा हूँ—केवल तुम्हें देखती हुई। तुम्हारी आँखों पर अब ययाति के चुम्बनों का भार है। रात के बाद रात बीतते यह भार बढ़ता जा रहा है...मैं उसी के लिए यहाँ हूँ। तुम्हारी बन्द होनेवाली पलकों के पीछे पथराई आँखों में बसनेवाले बिम्ब का निरीक्षण करने को...

देवयानी : मूर्ख, उन पुतलियों में एक ही मूर्ति दिखाई देगी, वह है, ययाति महाराज की मूर्ति।

शर्मिष्ठा : अहा ! इस वाक्य को कहाँ पढ़ा तुमने ? तुम्हारी आँखों की पुतलियों में ययाति की कीर्ति है, मूर्ति नहीं है। पर उसकी आँखों की पुतलियों में क्या है ? मालूम है ? संजीवनी...महाराज की आँखों की पुतलियों में एक ही चीज है, संजीवनी की आशा !

देवयानी : *(कान बन्द करके)* चुप रहो शर्मो...

शर्मिष्ठा : *(उस तरफ ध्यान न देते हुए)* ययाति भरत कुल-प्रसूत है। उसे क्या क्षत्रिय कन्याओं की कमी थी ? आश्रम में पली गौओं के पीछे वर्षा और धूप में परिश्रम करके बढ़ी हुई लड़की हो तुम ! उन कोमलांगियों में न दिखनेवाला और देखते ही हड़प कर जाने की इच्छा उत्पन्न करनेवाला रूप भी तुममें है ? अमर कौन नहीं बनना चाहता है, देव ?

अपने बन्धु-बान्धवों की चिताओं के बीच स्वर्ग की कामना में होमाग्नि के धूम्र को प्रज्ज्वलित करने की इच्छा किसमें नहीं होती है ? *(वातायन की ओर उँगली दिखाते हुए)* उन हजारों लोगों के श्मशान के बीच नया नगर बसाने की इच्छा किसे नहीं ? ययाति के पास अश्वमेध का पौरुष था। नए नगर का ऐश्वर्य था। उसकी धमनियों में पुरुरवा और नहुष जैसे स्वर्ग की कामना करनेवालों के रक्त का संचार था। शुक्राचार्य के पास संजीवनी विद्या थी।

देवयानी : चुप रहो पिशाच...तुम्हारी जबान कटवा दूँगी।

शर्मिष्ठा : यह क्या ? एक क्षण में पिशाच, एक क्षण में मेरी प्यारी ! ययाति ने जब तुम्हें पहली बार देखा, तब तुम कहाँ थीं, जरा याद कर लो। एक कुएँ में, तुम्हारे शरीर पर मेरी दी हुई कंचुकी थी ! मुँह, बाल, सब कीचड़ में सन गए थे। खून बह रहा था। तुमने समझा, उस महान सौन्दर्य पर ययाति लट्टू हो गया था ? वह तो तुम्हें वहीं छोड़कर चला जाता। तुम देवयानी हो, यह मालूम होते ही उसमें मृत्यु को जीतने की इच्छा तीव्र हुई तब तुम्हें वटवृक्ष की ओट में पत्तों की सेज पर ले गया...हाँ, इसका ध्यान रखा कि हाथ लगा शिकार कहीं खो न जाए। समझीं ? संजीवनी मिलने पर तुम्हें क्यों न स्वीकार करे ? अक्षय पुष्प के साथ मिले कीड़े की तरह।

[उसकी आँखों की चमक बढ़ जाती है। पर देवयानी सुस्त हो जाती है।]

देवयानी : चीखो, गला फाड़कर चीखो। तुम्हारे विष के धुएँ से तुम्हारी बुद्धि मन्द हो गई है। सत्य का सौन्दर्य तुम्हारी समझ में कैसे आएगा ? मैं कुएँ में गिरने से रो रही थी।

कोई आए, आवाज सुनकर वह झाँका। अपना हाथ बढ़ाकर मुझे ऊपर खींचा। ऊपर आकर देखती हूँ तो महाराज ! आँखों पर विश्वास न कर सकी।

शर्मिष्ठा : उसके साथ ही तुममें पुरुष जाति के प्रति जो तिरस्कार था, वह भूल गईं ? कच ने जब तुम्हारा तिरस्कार किया था और तब तुमने जो प्रतिज्ञा की थी, वह भी भूल गईं ?

देवयानी : *(उस ओर ध्यान न देते हुए)* पहले मैंने ही कहा था, "मैं कुमारी हूँ। आपने मेरा दायाँ हाथ पकड़ा है।" दो ही वाक्य आठ ही शब्द। अब भी एकान्त में याद करने पर वे शब्द गूँजते रहे हैं। उन्होंने एक शब्द भी नहीं कहा। केवल मुझे अपनी ओर खींच लिया। वटवृक्ष के नीचे जब मैंने जुगुप्सा से तुम्हारी फटी चोली को उतारा तो उन्होंने पूछा, "ऐसा क्यों किया ?" वही उनका पहला वाक्य था। उन्होंने मेरा नाम तक नहीं पूछा था। मेरे पिता के पास संजीवनी है, यह जानने से पहले ही उन्होंने मुझे स्वीकार कर लिया था...*(हँसी)*...तुम्हारे मन में सड़ने वाले मत्सर से मैंने इस एक याद की रक्षा की थी परन्तु उसकी पवित्रता के लिए कोई भय नहीं है।...*(हँसी।)*

शर्मिष्ठा : शाबाश देव, शाबाश ! तुमने अपनी कुत्सित भावनाओं को पवित्रता का नाम दिया ? तुम अपने मन के आकर्षण, इच्छाओं को मुझसे मत छिपाओ।...तुम्हारे गान्धर्व विवाह के बाद ही तुम्हारा नाम पूछा था ययाति ने ? वेश्या का भी पहले नाम पूछा जाता है देव ! यदि तुम शुक्राचार्य की कन्या न होतीं तो वह तुम्हें वहीं छोड़कर चला जाता। तुम्हारे कौमार्य पर अपने रथचक्र की कीचड़ उछालकर तुम्हारा नाम तक बिना पूछे चला जाता।

देवयानी : *(चीखती हुई)* चंडालिनी...!

[देवयानी क्रोध से शर्मिष्ठा की ओर लपकती है। इतने में ययाति आता है। तीनों स्तब्ध होकर खड़े हो जाते हैं। दो मिनट चुपचाप एक-दूसरे को देखते हैं। बाद में शर्मिष्ठा हाथ बाँधकर खड़ी होती है।]

शर्मिष्ठा : आकर देखो, संजीवनी से विवाह करने वाले प्रेमवीर !

ययाति : *(चौंककर)* यहाँ क्या हुआ है ?...अन्तःपुर की सजावट पूरी नहीं हुई ?

शर्मिष्ठा : *(नकल करते)* देवी रो रही थीं, अतः अभी सजावट नहीं हुई।

ययाति : रो रही थीं ? कारण ?

शर्मिष्ठा : रोने का कारण एक ही है। महाराज को देखते ही रोने की इच्छा हो जाती है।

[यह कहकर, कमान से छूटे तीर के समान घूमकर चली जाती है।]

ययाति : *(अनुनय की ध्वनि में)* देवी देवयानी, यह क्या ? आज शुभ दिन है। पुरुराज के आगमन का दिन है। तुम्हारा अब भी शृंगार नहीं हुआ है ? अन्तःपुर की सजावट नहीं हुई है ?

देवयानी : *(उद्विग्न होकर)* आपको तैयारी की चिन्ता है। मेरे प्राण जा रहे हैं; तब भी आपको शृंगार की चिन्ता ? उत्सव की चिन्ता ?

ययाति : पगली, क्या हुआ है ? देह के समान मन भी कोमल हो गया ?

देवयानी : मैं कोई क्षत्रिय-कन्या नहीं हूँ...एक बात आर्यपुत्र, आपने मुझसे विवाह क्यों किया ? किस बात को देखकर मेरा वरण किया ?

ययाति : *(और भी अनुनय से)* विवाह हुए दो वर्ष बीत जाने के

बाद भी यह प्रश्न ? उसे आकर्षक बनाकर बताना पड़ेगा ?

देवयानी : मजाक में न उड़ाइए। आप मुझे कुएँ के पास ही छोड़कर चले जाते तो कोई भी आपकी निन्दा नहीं करता। मैं भी अपने पाप के भय से चुप रहती। आपने मेरा वरण क्यों किया ?

ययाति : अब वह सब क्यों ? उठो, देर हो गई।

देवयानी : *(एकदम उसे रोककर)* शब्दों की आड़ में मत छिपिए। मुझे यह मालूम हो ही जाना चाहिए।

ययाति : देवी, अब भी तुम्हें सन्देह है ? मैंने तुम्हारा दायाँ हाथ पकड़कर तुम्हें उठाया था। वीरोचित धर्म था। तुम्हें पसन्द किया। इसके अतिरिक्त तुम्हारा रूप...

देवयानी : यह सच है ?

ययाति : तुम्हारी सौगन्ध, तुम्हें सन्देह क्यों हुआ ?

देवयानी : *(कुछ भी न सूझने पर)* आपने मुझे पगली कहा... इसीलिए...

ययाति : न...न, शब्दों की आड़ न लो। इसके पीछे कौन सा भूत छिपा है, वह मुझे मालूम है...शर्मिष्ठा...उसकी जबान कैंची की तरह चलती है।

देवयानी : अब बस कीजिए। पहले ही देर हो गई है।

ययाति : कोई बात नहीं। उसने मेरी नीति को क्या समझ रखा है ! उस गिद्ध ने उसे मरा जानवर समझ लिया ? उसे एक भूत के समान...यह देखो देवयानी ! मैं उससे थक गया हूँ। महल में उसे पसन्द करनेवाला एक भी नहीं है। शिकायत ही शिकायत ! मैं जब आता हूँ, तुम्हारे झगड़े, बकवास...मैं यहाँ आता हूँ, प्रेम के लिए, समाधान के लिए, शान्ति के लिए, तुम्हारे प्रेम के लिए...प्रेम मिलने पर

भी तुम्हारी आँखों में शर्मिष्ठा की छाया। फिर भी उसे यहाँ रखने का पागलपन क्यों ? इस शुभ मुहूर्त में वह फिर, कहीं अपशकुन न कर दे।

देवयानी : उसने मुझे कुएँ में ढकेला, उसका प्रायश्चित इतने में समाप्त नहीं करना है।

ययाति : बस, बस, बस ! यह बात मैं हजार बार सुन चुका हूँ। उसका प्रायश्चित न तुमने किया और न उसने। मुझे इसे खत्म करना है। पुरुराज के यहाँ आने से पहले इसे खत्म करना है। बुलाओ उसे...बाहर कौन है ?

देवयानी : नहीं आर्यपुत्र, उस चंडालिनी का सामना करने की मानसिक स्थिति में मैं नहीं हूँ। इसके अतिरिक्त मुहूर्त का समय भी समीप आ गया है !

स्वर्णलता : *(प्रवेश करके)* महाप्रभु !

ययाति : उस शर्मिष्ठा को इधर बुला ला।

स्वर्णलता : *(देवयानी से)* उस अन्तःपुर की सजावट हो गई है। माली फूलों के टोकरे यहाँ ले आए हैं।

ययाति : सब आ गए ?

स्वर्णलता : थोड़ी देर में आ जाएँगे महाप्रभु !

ययाति : उनके आते ही सूचित करो। इससे पहले उस शर्मिष्ठा को बुला ला। *(स्वर्णलता नमस्कार करके चली जाती है।)* देवी, तुम भी जाकर अपना शृंगार करो। पुरोहित तुमसे भेंट करना चाहते थे। उन्हें वहीं आने के लिए कहा है। मैं भी शर्मिष्ठा को सावधान करके आता हूँ।

देवयानी : *(घबराकर)* नहीं-नहीं, वह असुरकुल की है। आर्यों को गाली देना उसका व्यवसाय बन चुका है। हमारे आज के आनन्द में व्यर्थ में बाधा डाल सकती है।

ययाति : *(हँसकर)* क्या उसके साथ मुझे अकेले छोड़ने में डरती

हो ? चाहो तो तुम भी रहो...नहीं, अनावश्यक डाह के लिए अवसर न रहे। और एक बात, यदि तुम यहाँ रहोगी तो वह फिर से अपनी बकवास शुरू कर सकती है।

देवयानी : *(असहाय होकर)* यह बात नहीं आर्यपुत्र, पर...

ययाति : देवी, क्या तुम यह समझती हो कि मैंने इससे पहले स्त्रियाँ देखीं ही नहीं ?

देवयानी : छिः, कैसी बातें करते हैं ?

[इधर-उधर देखकर वहीं खड़ी रहती है। शर्मिष्ठा आती है।]

ययाति : ठीक है, मेरा कहा याद रहे, शृंगार जल्दी हो। पुरोहित भी आने वाले हैं। हाँ, मुहूर्त से पहले सब हो जाना चाहिए।

[देवयानी शर्मिष्ठा को घूरती हुई चली जाती है।]

ययाति : *(कुछ देर तक कुछ समझ में नहीं आता है, फिर...)* हाँ, देखो शर्मिष्ठा, मेरा तुमसे बात करना ठीक नहीं है।... उसके लिए समय भी नहीं है। पर एक बात कहता हूँ, तुम उसे यों ही तंग न करो...उसे तुमसे बहुत प्यार है...तुम्हें घर भेजने के लिए कहने पर भी वह तैयार नहीं है। तुम्हें उस प्यार का दुरुपयोग नहीं करना चाहिए। इससे तुम्हें भी सुख नहीं...तुम एक महीना-भर ठीक से रहो; बाद में तुम्हें घर भेज दूँगा।

शर्मिष्ठा : किसके घर ?

ययाति : तुम्हारे घर ! यहाँ दूसरी जाति के लोग हैं। उनका सम्प्रदाय अलग, बोलचाल अलग। ऐसे विजातियों में तुम्हें कितना कष्ट हो रहा है, उसकी कल्पना मैं कर सकता हूँ !

शर्मिष्ठा : अब मेरा घर यहीं है। मैं देवयानी की दासी बनकर रहूँगी। यह वचन मैं अपने पिताजी को दे चुकी हूँ। आप

धक्का देकर बाहर निकाल दें, तब भी मैं नहीं जाऊँगी।

ययाति : *(करुणा से)* तुम जो विष उगलती हो, क्या उससे तुम सुखी भी हो ?

शर्मिष्ठा : *(उपहास से)* मैं अमृत उगल सकती थी। पर मैं निरीह ब्राह्मण-कन्या नहीं हूँ। असुर-राजकुमारी हूँ। अब यह विष मेरे अस्तित्व में घुलमिल गया है।

ययाति : परन्तु इससे हमारे अस्तित्व का क्या होगा ? इसकी कल्पना तक तुम्हें है ?

शर्मिष्ठा : मैं पत्थर फेंक सकती हूँ। पर उससे उठनेवाली लहरों पर मेरा अधिकार नहीं है।

ययाति : लहरें नहीं, भँवर ! यह भँवर उसमें गिरनेवालों को ही नहीं, उन्हें बचाने जानेवालों को भी लील लेता है। तुमने देवयानी को कुएँ में धकेला, इसीलिए यह भँवर। मैंने उसे ऊपर निकाला और स्वयं भँवर में फँस गया। अपराध करते समय क्या मानवता का एक कण भी तुममें नहीं था ?

शर्मिष्ठा : आप उस शब्द का अर्थ भी जानते हैं महाप्रभु ? क्या मनुष्य साँचे में से निकाला गया मोम का पुतला होता है ? आपने बुढ़ापे से सूखे ऋषियों के चरणों में बैठकर अध्ययन किया है। परन्तु मनुष्य को आपने अपनी प्रजा की दृष्टि के अतिरिक्त और किसी दृष्टि से नहीं देखा है। मैंने देखा है—हजारों बार पराजित होने पर भी सुरपति बने इन्द्र में, पिता के पास संजीवनी होने के कारण अपने विकारों के लिए जगत् को झुकानेवाली देवयानी में, केवल असुर होने के कारण तिरस्कृत होने पर भी अमरत्व की आशा को न छोड़नेवाले असुरवीरों में। इन सबमें मानवता की अलग-अलग प्रतिभा दिखाई नहीं देती ? मनुष्य का

अस्तित्व उसकी मानवता में नहीं है, उसके अभावों में है।

ययाति : *(अधिक बात करना व्यर्थ समझकर)* मैं तुम्हारा ज्ञान देखकर हैरान हुआ...पर मुझे जाना है।

शर्मिष्ठा : जरा ठहरिए। आपने ही पूछा। बता देती हूँ। क्या आपने यह समझा है कि मैं सदा से ऐसी ही थी ? कभी मुझमें भी यौवन की सुगन्ध थी। वर्षा की पहली बौछार से खेतों की मिट्टी से उठनेवाली महक के लिए मैं भी छटपटाती थी। अपनी बिल्ली-जैसी पन्ने की तरह चमकती आँखों से अँधेरे में देखने के लिए निडर होकर दीया बुझाकर बैठ जाती थी। सूर्य के प्रकाश में चमकने वाले जाल को बुननेवाली मकड़ी को देखने के लिए पेड़ों और पौधों में घूमती थी।

ययाति : ऐसे में यह विष कहाँ से उभर आया ?

शर्मिष्ठा : विष नहीं, मानवता उभरी। देवयानी उभरी। उसकी मानवता को असुर-कुल वाली मैं सहन न कर सकी। बचपन से मुझे देवयानी प्राणों से प्यारी है। जन्म से ही असुर-कुल का भूत मेरा पीछा कर रहा था। तिरस्कार के वातावरण में पली मैं उस वेदना से अभ्यस्त हो चुकी थी। पर देवयानी ने कभी मेरा उपहास नहीं किया। असुर-पुत्री कहकर तंग नहीं किया। मुझ पर उसने प्रेम की गंगा बहाई। एक बार भी उसने अपनी मानवता त्यागकर 'राक्षसी' कहकर मुझ पर थूका होता तो आज हम सब सुखी होते।

ययाति : जो कुछ कहना है, जल्दी कहकर खत्म करो।

शर्मिष्ठा : प्रयत्न कर रही हूँ, महाप्रभु ! एक दिन हम दोनों सरोवर पर गई थीं। उसके जीवन में कच के आकर चले जाने के बाद हम दोनों की मैत्री और बढ़ गई थी। वह सदा

मेरे साथ रहती थी। मैं उसके साथ अकेली जाती थी। वह जैसे कपड़े पहनती थी, वैसे ही कपड़े मैं भी पहनती थी। मैं यह नहीं चाहती थी कि वह अपने प्रेम को दूसरी असुर-कन्याओं में बाँटे। उसके प्रेम पर मैं एकाधिकार चाहती थी। मेरी आत्मा प्रौढ़ हुई...हम दोनों तैरकर आईं। गीली केशराशि को धूप में फैलाकर एक ढूह पर लेट गईं। सुख का अन्तिम क्षण ! शायद मुझे तभी उसका बोध हुआ होगा ! मैंने आँखें बन्द कीं। आनन्द के उस क्षण को पलकों में पकड़ने का प्रयत्न किया था; तभी देवयानी ने मुझे जगाकर कहा, ''शर्मिष्ठा, लगता है, हमारी कंचुकियाँ बदल गई हैं।'' तब मेरे मन में उसके प्रति क्रोध की एक चिनगारी चमक उठी। ऐसे आनन्द के क्षण को भंग कर देने के कारण मैंने हँसते हुए कहा, ''एक सुन्दर स्वप्न देख रही थी, तुमने उसे नष्ट कर दिया।'' मेरी ध्वनि की कड़वाहट उसे चुभी होगी। अपनी उस कड़वाहट को देखकर मैं भी घबराई। मैं यह सोच ही रही थी कि उसके मन को दुखाना नहीं चाहिए कि इतने में जैसे विश्व ही धँस गया।

ययाति : मतलब ?

शर्मिष्ठा : मेरे स्वर के कारण उसके अभिमान ने फन उठाया होगा। वह बोली, ''क्यों ? आर्यस्त्री की कंचुकी पहनते ही आर्यस्त्री होने का स्वप्न देखने लगी ? जैसे भूखे कुत्ते के लिए चाँद ही रोटी बन गया हो।'' जरा ध्यान दीजिए, महाप्रभु ! और कोई यह बात कहता, तो मैं ध्यान नहीं देती, पर देवयानी—वह देवयानी जिसको मैंने अपना सर्वस्व समर्पित किया था—उस देवयानी को मेरे कुल की निन्दा करनी चाहिए थी ? मेरा क्रोध सिर पर सवार हो

गया। मैंने उसकी लम्बी केशराशि देखी, पकड़कर खींचा। वह चीख पड़ी, छुड़ाने का यत्न किया उसने, परन्तु मैं केवल अपने कानों में रक्त का स्पन्दन सुन रही थी। मैंने उसे घसीटकर कुएँ में धकेल दिया। उसे कुएँ में धकेलने की बात तो जगजाहिर हो गई। परन्तु मैं उसी कुएँ की जगत पर बैठकर एक घंटे तक लगातार रोई। यह किसे मालूम है ? क्यों ? आश्चर्य हुआ...मेरी आँखों में भी पानी है महाप्रभु ! परन्तु लोग उनकी आग को ही महत्त्व देते हैं।

[स्तब्धता। ययाति मुग्ध होकर उसी को देखता है। बाद में धीरे-से...]

ययाति : मैं तुम्हें डाँटने के लिए आया था। पर अब समझ में नहीं आता कि क्या करूँ ?

शर्मिष्ठा : महाप्रभु, यह मेरा हठ नहीं कि आप मेरी कहानी पर विश्वास करें। देवयानी ने अपनी कहानी आपको बताई होगी। उस पर ही विश्वास कीजिए।

ययाति : यहाँ विश्वास का प्रश्न नहीं है। प्रश्न यह है कि ऐसी सन्दिग्ध परिस्थिति में मुझे क्या करना है।

शर्मिष्ठा : ऐसा न कहिए। मैंने अपने पिता को जो वचन दिया है, उसे आपको पालन करने की जरूरत नहीं है। आप चाहें तो चाबुक के चुम्बन के लिए मैं अपनी पीठ को नंगी करने को तैयार हूँ।

ययाति : *(विचलित-सा होकर)* मन की वेदना के सामने अब देह का दंड क्या है, शर्मिष्ठा ?

शर्मिष्ठा : यदि कुछ भी न हो तो मृत्यु तो है, शूल है, फाँसी चढ़ा सकते हैं। यदि अधिक कृपा दिखाना चाहते हैं, तो तेज विष है। बाद में पिता को सूचित कर सकते हैं कि किसी

रोग से मेरी मृत्यु हो गई। वह शुक्राचार्य के डर से किसी भी बात को स्वीकार कर लेंगे। इसके अतिरिक्त देवयानी की दासी बनने के बाद से मैं उनके लिए मर चुकी हूँ। इस शतरंज के खेल का उत्तर केवल यही है।

ययाति : यह पागलपन है ! इससे खेल सरल नहीं होता। अपने जीवन के भार को ढोना ही बहुत हो गया है। फिर तुम्हारी मृत्यु का भार ढोने का धैर्य नहीं है। मनुष्य अनुभव के भार के लिए डरता है। इसके लिए एक ही उत्तर है...तुम्हें घर भेज देना।

शर्मिष्ठा : मुझे स्वतन्त्रता नहीं चाहिए। मुझे अब दासता का अभ्यास हो गया है। दासता में कर्त्तव्य का भार नहीं होता। महाप्रभु, आप जिन्हें अनुभव कहते हैं, उनका भार भी नहीं होता। अब मुझे स्वतन्त्रता में भी बेड़ी दिखाई देती है।

ययाति : इस बारे में डरने की जरूरत नहीं। अगर तुम जाना भी चाहो तो भी देवयानी छोड़ेगी नहीं।

शर्मिष्ठा : *(हँसकर)* हैं ?

ययाति : इतने दिन तक मुझे यह रहस्य मालूम नहीं था। अब मालूम हुआ।

शर्मिष्ठा : और क्या देखा ?

ययाति : तुम दासी हो, तुम्हारे सामने मुझे रानी के बारे में ऐसा कहना नहीं चाहिए। पर इसलिए कह रहा हूँ कि तुम भी एक राजकन्या हो; देवयानी की सखी हो। मैंने बचपन में दिखनेवाले अविचार उसमें भी देखे हैं। तुमने उसके अभिमान को ठेस पहुँचाई है। अब तुम्हारे प्रत्येक दंश में उसे अपनी विजय का आभास होता है। तुम्हारी प्रत्येक हिंसा में उसे अपने पराक्रम का बोध होता है...परन्तु मैं

यह खेल बन्द करने के लिए आया था। इससे एक लाभ हुआ। अब मेरे ध्यान में आया कि मैं भी उस खेल का एक मोहरा हूँ।

शर्मिष्ठा : *(शान्त ध्वनि में)* उस चिन्ता की आवश्यकता नहीं है। आपको पहचानने से पहले मैं सारे विश्व से द्वेष कर रही थी। आपने अब तक मेरे अरण्यरोदन की ओर ध्यान न दिया—यह भी एक कारण हो सकता है। अब आपके प्रति द्वेष नहीं है। देवयानी को कुएँ में ढकेलने के बाद अब तक मेरी आँखों में आँसू नहीं निकले हैं। मेरे सारे आँसू द्वेष के ज्वालामुखी में सूख गए थे। औरत के लिए शुष्क आँखों से बढ़कर बड़ा शाप नहीं है। महाप्रभु ! आज आँसू बह जाने से मेरा मन हल्का हो गया है। अब मैं इस खेल से थक गई हूँ।

ययाति : तो क्या करोगी ?

शर्मिष्ठा : *(अंटी से विष की एक छोटी-सी डिबिया निकालकर)* यह देखिए। मेरे यहाँ आते समय मेरे पिता के दिए विष की डिबिया। इसे मैंने अपने लिए और देवयानी के लिए सँजोकर रखा था। पर अब उसे मारने की इच्छा मुझमें नहीं है।

ययाति : पगली ! अब तुम्हें मारकर यह खेल बन्द किया नहीं जा सकता। सूत्रधार नान्दी गाकर चला गया है। अब तुम्हारी आत्महत्या भी एक दृश्य हो जाती है। पात्र न भी हो, नाटक देखना ही पड़ता है।

शर्मिष्ठा : पर उसमें भाग लेने वाली वेदना नहीं रहेगी। हमारे चारों ओर कोलाहल करनेवाली भीड़ में जीना और मरना एक-सा है। मेरे लिए तो यही मेरा अन्तिम आधार है। बाद में कोई बाधा नहीं रहेगी।

ययाति : शर्मिष्ठा, मूर्खों जैसी बात न करो। तुमने देवयानी को अन्धे कुएँ में ढकेला था। तुम आज उससे भी भयंकर कुएँ में गिर रही हो।

[इस संवाद के समय शर्मिष्ठा पलंग के पीछे और ययाति सामने खड़े रहते हैं।]

शर्मिष्ठा : परन्तु उसकी ओर हाथ बढ़ाने, हाथ देने के लिए ठीक समय आप पहुँच गए थे। मैं असुर-कन्या हूँ। मेरे हाथों में काँटे हैं।

[डिबिया को होंठों पर लगाती है। ययाति उछलकर उसका दायाँ हाथ पकड़कर।]

ययाति : शर्मिष्ठा, फेंको इसे।

[दोनों निश्चल खड़े हो जाते हैं। शर्मिष्ठा के हाथ से डिबिया पलंग पर गिरती है।]

शर्मिष्ठा : *(भाव-विभोर होकर)* आर्यपुत्र, आपने मेरा दायाँ हाथ पकड़ा है। मैं केवल दासी हूँ।

[ययाति एकदम हाथ छोड़कर पीछे हटता है। शर्मिष्ठा पलंग पर बैठती है।]

शर्मिष्ठा : क्षमा कीजिए, मैं आर्यकन्या नहीं हूँ। आप मुझे अपनी रानी के रूप में स्वीकार करें, ऐसी इच्छा भी मेरी नहीं है। मैं दासी बनकर ही रहूँगी। पर मैं अपने को राजकन्या ही कहती हूँ। महाप्रभु, इस कुएँ से मुझे बाहर निकालिए। मैं यहाँ अन्तरपिशाच बनकर रह नहीं सकती।

ययाति : *(कुछ देर तक उसी को देखने के बाद)* शर्मिष्ठा, देवयानी जैसी पागल और कोई नहीं है। कैसे विनाश को अंटी में रखकर खेल रही है।

स्वर्णलता : *(प्रवेश करके)* महाप्रभु, माली तैयार है, भीतर बुलाऊँ ?

ययाति : अभी नहीं, आधा घंटा बाद आने के लिए कहो। मैं ही

उसको बुला लूँगा। हाँ, देखो, जब तक मैं अपने-आप न बुलाऊँ, किसी को भीतर नहीं आने देना। *(स्वर्णलता जाती है। ययाति शर्मिष्ठा के पास जाकर)* देखा शर्मिष्ठा, मैंने भी खेलना आरम्भ कर दिया !

[पलंग पर बैठ जाता है।]

[पर्दा गिरता है।]

अंक : दो

[पलंग पर ययाति बैठा है। उसके होंठों पर मुस्कुराहट है। शर्मिष्ठा उसके आसन के पास उसकी ओर पीठ करके खड़ी है। उसके बाल कन्धों पर बिखरे हुए हैं। पहले पल्लू ठीक करती है। बाद में बालों में गाँठ लगाते हुए उसकी ओर घूमकर देखती है। तभी ययाति की दृष्टि पलंग पर गिरी डिबिया पर पड़ती है। उसे उठाकर उससे खेलता है।]

शर्मिष्ठा : *(हँसते हुए)* मैं विष खा लेती तो अच्छा होता। आपने व्यर्थ में रोक दिया।

ययाति : यही यौवन का आनन्द है, शर्मिष्ठा ! वह मृत्यु से कभी नहीं डरता। उसको ही हाथ में पकड़कर छोटे बच्चे के समान खेलता है।

शर्मिष्ठा : आपके बूढ़े होने तक ऐसा कह पाने में कोई रोक नहीं है, क्यों ? तब तक आपके ऐसे पराक्रमों का हिसाब रखते चलें तो देवयानी आपसे पहले बुढ़िया हो जाएगी।

ययाति : क्यों ? तुमने यह समझा कि भोग के अतिरिक्त और कोई पराक्रम नहीं है ?

शर्मिष्ठा : मैंने यह कब कहा ? परन्तु जीते जाने वाले देशों और मारे

जाने वाले वैरियों की भी एक सीमा होती है। शैयागृह पर ऐसी कोई सीमा है ? आर्यावर्त की सभी स्त्रियों को...।

ययाति : मुझे व्यर्थ में ही मत छेड़ो। अब तक देवयानी की बातें सुनकर तुम्हारे ताने सहे। पर आगे से मैं अपनी रानी की ओर से ऐसी बातें सह नहीं पाऊँगा ?

शर्मिष्ठा : *(हैरान होकर)* मैं और आपकी रानी ? यह कैसा पागलपन है ! यह सम्भव नहीं। *(हँसकर)* जो भी हो, मैं अपने पिता के वचनवश देवयानी की दासी हूँ। सखी की दासी, यही बहुत है। अब सौत की दासी बनने की इच्छा नहीं है। एक ही रनिवास में झगड़ते रहना ही बहुत हो गया है। कल से एक ही पलंग पर झगड़ने की इच्छा नहीं। देवयानी कठपुतली नहीं है महाप्रभु ! उससे आपका परिचय नहीं है। अपने जीवन में कच के प्रवेश से पहले वह यह सह सकती थी, परन्तु उसके हृदय में कच की छाया पड़ने के बाद से...।

ययाति : तुम्हारी तरह हो गई ?

शर्मिष्ठा : एक छोटी सी घटना बताती हूँ; कच के उसके प्रेम को ठुकराकर चले जाने के बाद वह रोते-रोते सूखकर काँटा हो चुकी थी...सात दिन से घर छोड़कर बाहर न निकलने वाली वह मेरे साथ तैरने चली। तैरते समय कमल की एक सुन्दर कली उसके मुँह से छू गई। गुस्से में आकर उसने उसे तोड़-मरोड़कर चूर-चूर कर दिया। उसके बाल जो कमल की बेल में उलझ गए थे, मैं उन्हें छुड़ाती इससे पहले ही उसने कीचड़ में से जड़ से कलियों समेत बेल को उखाड़कर चूर-चूर कर दिया। मैं अपनी आँखों पर विश्वास नहीं कर सकी। पाँव में काटने वाली चींटी को

भी धीरे से हटानेवाली देवयानी कमल को जड़ से ही उखाड़ सकती है ! उससे तो उसका एक बाल तक बाँका नहीं हुआ था। आपने उसके मुख को अन्धे कुएँ से निकालते समय देखा था ? परन्तु मन के विकार से विकृत हुए उसके मुख को मैंने देखा है। एक बार देखा था, वही बहुत है।

ययाति : उसके बारे में चिन्ता की आवश्यकता नहीं है। मेरे रहते तुम्हें किस बात की चिन्ता ?

शर्मिष्ठा : केवल आपकी, इसके अतिरिक्त मैं राक्षसी हूँ। अब महारानी की दासी होने के कारण रास्ते में चल पाती हूँ। रानी बन जाऊँ तो *(वातायन की ओर उँगली दिखाते हुए)* ये हजारों लोग क्या कर डालेंगे, आपने जरा सोचा भी है ?

ययाति : *(घबराकर उठते हुए)* शर्मिष्ठा, 'लोग' कहते ही याद पड़ा। पुरु के लिए इस अन्तःपुर में अब तक तैयारी नहीं हुई है।

शर्मिष्ठा : घबराइए नहीं। आपकी चतुर दासियों ने एक और अन्तःपुर को सजा दिया है। ऐसे संकट कई बार आए होंगे अतः उन्हें इसका अच्छा अनुभव रहा होगा।

ययाति : *(उस ओर ध्यान न देते हुए)* कौन है उधर ?

स्वर्णलता : *(प्रवेश करके)* महाप्रभु !

ययाति : उन मालियों से कहो, शीघ्र आकर अन्तःपुर को सजाना आरम्भ करें।

स्वर्णलता : माली चले गए, महाप्रभु !

ययाति : चले गए, कैसे ? किससे पूछकर ? उनके सिर उड़ा दूँगा।

स्वर्णलता : उन्हें महारानी देवयानी ने वैसी आज्ञा दी थी।

ययाति : *(घबराकर)* वह यहाँ कब आईं ? कहाँ हैं ?

स्वर्णलता : बाहर खड़ी हैं। पाँच निमिष हो गए।

ययाति : मूर्ख, पहले ही बताना था !

[स्वर्णलता चुप रहती है। शर्मिष्ठा हँसती है।]

ययाति : उन्हें भीतर आने दो।

[स्वर्णलता जाती है।]

ययाति : अब क्या किया जाए, शर्मिष्ठा ? तुम यहाँ से जाओ। मैं उसका समाधान करता हूँ।

शर्मिष्ठा : अब मेरे जाने से क्या लाभ, महाप्रभु ! मुझे उसे वश में करने के सभी उपाय मालूम हैं।

ययाति : जैसा मैं कहता हूँ, वैसा नहीं कर सकती हो ? जाओ। निकलो यहाँ से !

शर्मिष्ठा : एक बात है। आप यों ही उसे क्रोधित न कीजिए। शान्त रहें।

[शर्मिष्ठा बाईं ओर जाती है। देवयानी दाईं ओर से आती है। क्रोध और ईर्ष्या से उसकी आँखें लाल हैं।]

ययाति : आओ देवी !

देवयानी : *(भावनाओं को छिपाने का प्रयास करते हुए)* बहुत अच्छा ! अन्तःपुर का पुनरारम्भ बहुत अच्छा किया। ऐसा मुहूर्त किसी देवता की कृपा से भी नहीं हो सकता था। वह कहाँ गई ?

ययाति : *(विवश होकर)* कौन ? यह देखो देवी !

[उसकी ओर ध्यान न देकर देवयानी बाईं ओर के कुछ पर्दों को हटाती है। एक पर्दे के पीछे शर्मिष्ठा खड़ी है।]

ययाति : शर्मिष्ठा, तुम अब भी यहीं...

देवयानी : *(ईर्ष्या को छिपाने का यत्न करते हुए)* आओ शर्मिष्ठा,

आर्यपुत्र, लज्जित न होइए। वह मेरे बचपन की सहेली है। उसके स्वभाव से जितनी परिचित मैं हूँ, उतना उसे आप नहीं जानते हैं।

शर्मिष्ठा : *(ईर्ष्या जागृत होने से)* मैं भी महाराज से यही कह रही थी।

देवयानी : बोल मत मायाविनी ! मुझे धोखा दे रही है ? *(भावनाएँ उमड़ आने से बात करने में असमर्थ होकर)* नहीं, नहीं...तुम यहाँ से चली जाओ।

ययाति : देवयानी, मेरी बात सुनो। वह सब भूल जाओ।

देवयानी : मैं कह रही हूँ, वह दोबारा न हो। आप उसके पास भी नहीं जाएँगे। वह असुर-कन्या है। वह जो चाहे करने में समर्थ है। उसे चले ही जाना चाहिए। जहाँ चाहे जाए। चाहे तो अपने घर ही जाए।

शर्मिष्ठा : घर की तो बात ही न करो। अब घर मेरे लिए श्मशान है। तुम्हारी दासी बनकर रहने के बाद अब किस मुँह से घर जाऊँ ?

देवयानी : यह क्या पहले ही पता नहीं था ? मेरी सहनशीलता का, मेरे प्रेम का यह प्रतिदान दिया तुमने ? मरना चाहो तो लो, तुम्हें दासता से मुक्त किया। मन हो तो अपनी इच्छा से फाँसी लगा लो। पर यह राज्य छोड़कर चली जाओ।

ययाति : देवयानी, क्या कुछ सोचना नहीं चाहिए ?

देवयानी : यह राजाज्ञा है, शर्मिष्ठा !

[शर्मिष्ठा उसे ऐसे देखती है मानो उसे ललकार रही हो। पर उसकी दृष्टि ययाति पर पड़ते ही उसका सारा विरोध समाप्त हो जाता है। ध्वनि मृदु हो जाती है।]

शर्मिष्ठा : चलो तुम्हारी इच्छा के अनुसार ही हो देव, मैं चली। अब

इधर नहीं आऊँगी।

ययाति : रुको शर्मिष्ठा ! राजाज्ञा बदल गई है। जाओ मत।

शर्मिष्ठा : *(व्यंग्य से)* मुझे आज्ञा दे रहे हैं ? आपकी आज्ञा से भयभीत होनेवाली मैं आपकी प्रजा नहीं हूँ। आगे से मैं आपके रनिवास की दासी भी नहीं हूँ। मैं स्त्री हूँ। जो चाहूँ कर सकती हूँ।

ययाति : जिस तरह चाहो, यहाँ रहो, तुम्हें मेरी अनुमति है।

देवयानी : *(तिरस्कार से)* छिः, इसकी जबान काट देनी चाहिए थी। पर ऐसा नहीं हुआ। इसकी गालियाँ सुनने पर भी इसे यहीं रोकना चाहते हैं ! अब ऐसी स्थिति में पहुँच गए आर्य चक्रवर्ती ! अब क्या वाटिका में वेश्याओं की कमी हो गई है ?

शर्मिष्ठा : देव, क्या मैं एक क्षत्रिय की वेश्या हूँ ? मेरे मन को तुम नहीं समझ सकतीं। मुझे जो स्वतन्त्रता मिली है, उसे मैं तुम्हारे पति के पाँवों के तले कुचलवाना नहीं चाहती।

ययाति : शर्मिष्ठा, मैं यह सोच सकता हूँ कि तुम क्यों यह कह रही हो ? देवयानी, यहाँ राजा और वेश्याओं का प्रश्न नहीं। मैंने शर्मिष्ठा को अपनी रानी के रूप में स्वीकार किया है।

देवयानी : *(मानो उस पर बिजली गिर पड़ी।)* रानी ? आपकी रानी ? मेरी दासी आपकी रानी बन गई ? छिः, छिः, कैसी अभद्रता ! आर्यपुत्र, आपकी समझ में क्यों नहीं आता है ?

ययाति : उसमें क्या है ? क्या तुमने पहले ही उसे मुक्त नहीं कर दिया था ?

शर्मिष्ठा : चिन्ता न करो देवी ! इनके ऐसा कहने पर भी मैं स्वीकार नहीं करूँगी। जैसे आज इन्होंने तुम्हें धोखा दिया, वैसे ही

कल मुझे भी धोखा दे सकते हैं। इनके कामुक स्वभाव को देखने से...

ययाति : शाबाश, शाबाश, अभिनय तो अनुपम है। आज तक मैंने अनेक स्त्रियों को निकट से देखा है, परन्तु तुम्हारे समान झूठ बोलकर, अभिनय करके आँखों में धूल झोंकनेवाली दुर्गुणों की पुतली नहीं देखी। *(उसकी बाँहें पकड़कर)* सच बताओ, तुममें मुझसे विवाह करने की इच्छा नहीं है ?

शर्मिष्ठा : हाथ छोड़िए। कह रही हूँ, हाथ छोड़िए।

देवयानी : *(बीच में ही आकर)* उसका हाथ नहीं छोड़ना है ? कम-से-कम मेरे सामने तो कुछ लज्जा रहे।

ययाति : नहीं छोड़ूँगा। शर्मिष्ठा, पहले बताओ; यह अभिनय और तुम्हारी ये गालियाँ मुझे शुक्राचार्य के क्रोध से बचाने के उपाय तो नहीं ? सच-सच कहो, झूठ मत बोलो, *(उसकी बाँहें छोड़कर)* मैं इतना मूर्ख नहीं हूँ। देवयानी कहीं गुस्से में आकर शुक्राचार्य का क्रोध न भड़का दे। तुम्हें यही डर है न ? देवयानी, तुममें यह हठ क्यों ?

देवयानी : *(गिड़गिड़ाकर)* आप चाहे जितनी पत्नियाँ रख लीजिए। यदि इच्छा न हो तो कल से मेरे अन्तःपुर में भी पाँव न रखिए, तो भी चिन्ता नहीं है। पर इसे त्यागना ही पड़ेगा, त्यागना ही पड़ेगा।

ययाति : यह हठ क्यों देवयानी ?

देवयानी : भूलना इतना सरल नहीं जितना आप समझते हैं।...इसके अतिरिक्त आज प्रातः इसने मुझे वेश्या से भी नीच कहकर मेरा अपमान किया। "मेरे लिए पिता के अतिरिक्त मेरा और कोई अस्तित्व नहीं है," कहा था। अब वेश्या के समान दर-दर की ठोकरें कौन खाएगा ? मुझे यह देखना है।

शर्मिष्ठा : बाकी बातों के लिए मेरा मुँह न खुलाओ देव ! अपनी बात पर दृढ़ रहने का धैर्य मुझमें है। डरो नहीं, मैं रानी नहीं बनूँगी।

ययाति : छिः, छिः, कैसा आत्मत्याग ! कैसा बलिदान ! मुझे शुक्राचार्य के क्रोध से बचाने के लिए कैसी महान नैतिकता ! पगली, ऐसे आत्मबलिदान के लिए जितना समय चाहिए, उतना समय जगत् में नहीं है। यहाँ जो है, वह एक ही है—तारुण्य ! वह भी मृत्यु की छाया में ! एक पलंग से दूसरे पलंग तक जाने से पहले ही माथे पर आया सफेद बाल झाँककर देखता है।

[शर्मिष्ठा के मुँह पर अस्पष्ट हँसी झलकती है।]

देवयानी : इसके जैसी हजारों स्त्रियाँ मिलेंगी महाप्रभु...इसे इसके रास्ते पर जाने दीजिए। मैं आपके पाँव पड़ती हूँ।

शर्मिष्ठा : हिंसा न रोकने के कारण अब मैं चलती हूँ, महाप्रभु ! जीवन में पहली बार मैं और देवयानी सहमत हुए हैं। ऐसे अपूर्व प्रसंग को मत बिगाड़िए।

ययाति : *(अर्ध गाम्भीर्य से)* जाना ही चाहती हो तो यहाँ से जाओ। पर महल त्यागने का साहस किया तो सावधान !

शर्मिष्ठा : आपसे जो कहना था, कह चुकी। मेरा विनाश तो रुक नहीं सकता है। कम-से-कम आपको बचाने के लिए आई। यदि आपकी इच्छा हो तो आइए। मेरी निन्दा नहीं कीजिए।

[जाती है। बाहर से दुन्दुभि-नाद, लोगों के कोलाहल की ध्वनि!]

ययाति : वह देखो, युवराज आ ही गया। अन्तःपुर की सजावट तो हुई नहीं, अब मुहूर्त नहीं रोकना चाहिए। देवी, तुम्हें युवराज की आरती उतारनी है, चलो।

देवयानी : आर्यपुत्र, मेरे अन्दर भी विष है। उसे उस राक्षसी पर उगलने के लिए विवश नहीं कीजिए। मैंने आज तक आपसे कुछ भी नहीं माँगा। केवल यही एक चीज माँग रही हूँ। शर्मिष्ठा को छोड़ दीजिए।

ययाति : *(निश्चित स्वर में)* और किसी के बारे में होता तो मैं मान लेता देवी, पर इस बारे में मत कहो...मैं इतने दिनों तक युवतियों के मन को अपनी बातों से, रूप से जीतता था। परन्तु शर्मिष्ठा ने आज मुझे चकित कर दिया है। भाव-भंगिमा से नहीं, आकर्षण-सौन्दर्य से भी नहीं, केवल बातों से हरा दिया है। भरतकुल को ऐसे हराना चाहिए ? मेरे मन की शान्ति लौटानी है तो मुझे उसे जीतना होगा...नहीं तो देवयानी, एक बात है, तुम दोनों के तानों में अन्तःपुर की ईर्ष्या से ऐसा लगता है कि मैं बूढ़ा हो गया हूँ। शर्मिष्ठा ने उसे भुलाकर पुनः यौवन-दान दिया है। मैं उसे छोड़ नहीं सकता। चलो, युवराज आ गया होगा।

देवयानी : मैं नहीं जाती। आप जाइए उसके पीछे।

ययाति : जाओगी नहीं ? यह क्या देवी ? हमारे झगड़े से युवराज का क्या सम्बन्ध है ? लोग क्या कहेंगे ? ठीक है, अब तुम नहीं चलतीं तो क्या किया जाए ? ठहरो। विश्राम करो। मैं इतने में पुरुराज को यहीं बुला लाता हूँ।

[जाता है। देवयानी गुस्सा न सहन कर पाने के कारण मंगलसूत्र तोड़ती है। सारी मणियाँ जमीन पर बिखर जाती हैं।]

देवयानी : अब इस महल में नींद के लिए, विश्राम के लिए स्थान नहीं है, महाराज ! अब है केवल जागृति...और मृत्यु !

[एक-एक करके अपने आभूषणों को उतारती जाती

है। आवेश में उसका सारा शरीर थरथर काँपने लगता है।]

स्वर्णलता : देवी, युवराज आ गए हैं। आरती की तैयारी...यह क्या देवी ?

देवयानी : युवराज चाहें तो लौट जाएँ। मेरे अपने झंझट मेरे लिए बहुत हैं; यह सब लेकर ओढ़ूँ कि बिछाऊँ ?

स्वर्णलता : ऐसा नहीं कहिए। आपकी बहू आ रही है। महाराज चाहे कुछ भी कहें, आपको अपना कर्त्तव्य तो निभाना चाहिए न ?

देवयानी : उनका किया सब सहने के लिए मैं कोई क्षत्रिय रानी नहीं, समझीं ? यदि मैं यहाँ एक क्षण भी अधिक ठहरूँ तो मेरे कुल का अपमान हो सकता है।

स्वर्णलता : यह क्या देवी ? महाराज तो छोटे बच्चे के समान हैं। कल शर्मिष्ठा को भूल सकते हैं। व्यर्थ में गुस्सा करने से तो कल अनर्थ हो सकता है। इसके अलावा इससे पुरुराज का क्या सम्बन्ध है ? उनकी बहू, बेचारी ! यदि अब युवराज का अपमान हो तो लोग कल बहू के पाँव घर में पड़ने के लक्षणों की बात कहे बिना नहीं रहेंगे।

देवयानी : तो फिर मेरा अपमान ? मेरा प्रेम ही जब मिट्टी में मिला जा रहा हो तो क्या मैं अपनी सौत की बहू के मान-अपमान की चिन्ता करूँ ?

स्वर्णलता : वह सौत की बहू नहीं है, आपकी बहू है। युवराज को जो बचपन में ही छोड़ गई, उसे सौत कहकर उसकी निन्दा न कीजिए। वह निष्पाप है।

देवयानी : पापी तो मैं ही हूँ स्वर्ण ! इस पुण्यस्थल में रहने की योग्यता मुझमें नहीं है। मैं ही यहाँ से जाती हूँ।

स्वर्णलता : परिस्थितियों से भागने पर भी मन से भागा नहीं जा

सकता देवी ! अब भी परिस्थिति वश से बाहर नहीं हुई है। यदि आपने अपने को वश में न रखा तो सब भस्म हो जाएगा। मेरी बात का कोई मूल्य भले ही न सही, अनुभव का तो सम्मान कीजिए।

देवयानी : प्रत्येक का अपना-अपना अनुभव होता है। इसीलिए बाहर जाकर दूसरे के अनुभव को गले में बाँधकर मरने का कोई अर्थ नहीं है। मैंने मन में सोच लिया है।

स्वर्णलता : मन को बदला जा सकता है। परन्तु एक बार भस्म होने के बाद जीव इस जन्म में दोबारा नहीं मिलेगा देवी !

देवयानी : चुप रहो दासी !

[दासी शब्द सुनते ही स्वर्णलता एकदम काँप उठती है मानो चाबुक पड़ा हो।]

देवयानी : मैं जब आई तो इस मंगलसूत्र के अतिरिक्त मेरे पास और कुछ न था। अब उस अमंगलकारी मंगलसूत्र के भार से मुक्त होकर जा रही हूँ।

[उसने सभी आभूषण उतार दिए हैं। स्वर्णलता मंगलसूत्र की मणियाँ चुनने लगती है।]

स्वर्णलता : मैं दासी हूँ, यह सच है। मैं यह भूल गई थी कि मेरे अनुभवों की कोई कीमत नहीं है। देवी, अपने माँ-बाप से तो पूछकर देखिए। वे ज्ञानी हैं। वे आपको...

देवयानी : तुम्हें यह कहने की जरूरत नहीं है। मैं उन्हीं के आश्रम में तो जा रही हूँ।

स्वर्णलता : उसके लिए आश्रम जाने की क्या आवश्यकता है ? युवराज को देखने के लिए शुक्राचार्य स्वयं पधारे हैं।

[एकदम दुन्दुभि-नाद बढ़ता जाता है। जय-जयकार होता है। स्वर्णलता वातायन के पास जाकर देखती है।]

देवी, युवराज महल में पहुँच गए। आपको उनकी आरती उतारनी है। जल्दी उठिए।

देवयानी : *(उसे रोककर)* ठहरो मूर्ख, मेरे पिता कहाँ हैं ?

स्वर्णलता : अभी किसी ने कहा था—वे महल के समीप आ गए होंगे। शिवजी के मन्दिर से आ रहे थे।

देवयानी : तो चलो, मुसीबत टली।

[निकलना चाहती है। इतने में शर्मिष्ठा का प्रवेश।]

अहा, तुम क्या यहाँ नाश की अन्तिम चिनगारी फूँकने के लिए आई हो ?

शर्मिष्ठा : एक बात कहने आई हूँ। युवराज यहाँ आ रहा है। पहली बार तुम्हें देखने आनेवाला है। तुम्हें स्वयं उसका स्वागत करना था। जाने दो। पर जब वह आएगा, तब उसका अपमान नहीं करना।

देवयानी : युवराज ही आ रहा है ? केवल इतना बताने के लिए तुम यहाँ क्यों आई ? दूसरी कोई दासी नहीं थी ? कपटी, तुमने समझ लिया कि मैं नहीं जानती ? मेरे पिता यहाँ आए हैं। यह जानते ही कि उनसे भेंट करके कहीं मैं उनका गुस्सा नहीं भड़का दूँ, तुम्हें यह भय यहाँ ले आया है। देखा स्वर्णा, तुम्हारे मन में यह बात आई थी ? युवराज के बहाने अपने स्वार्थ के लिए भिक्षा माँगनेवाले लोग !

स्वर्णलता : देवी...

देवयानी : क्यों स्वर्णा ? तुम्हें क्यों गुस्सा आया ? मेरे अन्तःपुर की सभी नौकरानियाँ रनिवास की प्रत्याशी बन गई हैं ?

स्वर्णलता : ऐसा मत कहिए, देवी !

देवयानी : जाओ, स्वर्णा, बाहर महाराज अपनी...बहू के साथ आए होंगे। उनका स्वागत करो। *(स्वर्णलता जाती है।)* युवराज

के आने तक मुझे यहाँ रोकने का विचार है न शर्मिष्ठा ? इससे अच्छा यह है कि तुम ही यहाँ बैठी रहो। जो पुरुष दिखाई दे, उसके पीछे भागने के लिए *(जरा ध्वनि कम करके)* महाराज की चिन्ता हो तो तुम्हें घर छोड़कर जाना पड़ेगा।

शर्मिष्ठा : मैं कहाँ जाऊँ देवी ? यदि मैं कहीं चली भी जाऊँ, मुझे पकड़कर मँगवाने में उन्हें कितनी देर लगेगी ?

देवयानी : मैं यह सब कुछ नहीं जानती। जब तक महाराज का हाथ तुम्हें सहलाता रहेगा तब तक मुझे शान्ति नहीं है।

शर्मिष्ठा : देवी...

देवयानी : नमस्कार !

[शर्मिष्ठा दाईं ओर घूमती है। देवयानी के जाने के बाद उसके उतारे गए गहनों को बिस्तर के नीचे डालकर उसी दिशा में भागती है। कुछ देर बाद ययाति, पुरु, चित्रलेखा, स्वर्णलता आते हैं। बाहर अब जयजयकार की ध्वनि सुनाई देती है। एक-दो मिनट सभी ऐसे खड़े रहते हैं, मानो किसी को कुछ समझ में नहीं आ रहा हो। ययाति का मुख गुस्से से लाल हो उठता है।]

ययाति : देवयानी सचमुच चली गई ?

स्वर्णलता : हाँ, महाप्रभु, वही बात कह रही थी, *(डरते हुए)* उनके पीछे शर्मिष्ठा भी गई होगी।

ययाति : कब गई ? ऐसा क्या हुआ जिसके कारण उसे जाना पड़ा ?

स्वर्णलता : शुक्राचार्य नगर में आए हैं...उनसे...

[ययाति हतप्रभ होकर खड़ा होता है। उसके मुँह पर भय, आश्चर्य को देखकर पुरु चकित होता है।]

पुरु : पिता को देखने की आतुरता को रोक नहीं पाई होंगी। इसके अतिरिक्त उन्होंने कभी मुझे देखा भी नहीं है। अब आगे तो प्रतिदिन देखने का समय मिलता ही रहेगा। सोचा होगा कि बाद में देखा जाएगा, उसमें क्या बात है ? ठीक ही है। अब तक जो विधियाँ शेष रह गई हैं, वे भी पूरी कर दी जाएँ।

ययाति : वह सब पुरोहित देख लेंगे। तुम लोग विश्राम करो... स्वर्णलता, इन्हें अन्तःपुर का मार्ग दिखाओ।

पुरु : मैं तो थका नहीं हूँ। पुर-प्रवेश के मुहूर्त की प्रतीक्षा में नगर से बाहर दो दिन विश्राम किया है, वही बहुत है। जाओ देवी, तुम अपने परिजनों के साथ रनिवास जाओ।

स्वर्णलता : चलिए देवी !

[पुरु और ययाति के अतिरिक्त सब चले जाते हैं। ययाति से बात करने में पुरु को आसक्ति नहीं है। अस्पष्ट रूप से ताने का आभास है। बात बढ़ने से यह अधिक स्पष्ट होता है।]

ययाति : चलो पुरु ! हम भी सभागृह चलें। वहीं बात कर सकते हैं।

पुरु : यहीं बैठें पिताजी ! सम्भवतः महारानी भी यहीं आ सकती हैं।

[दोनों बैठते हैं। ययाति आसन पर, पुरु पलंग पर।]

ययाति : यहाँ चाहो तो यहीं ठीक है। यह तुम्हारा प्रिय कक्ष है न ?

पुरु : हूँ ! सारे महल में यही एक कक्ष मुझे पवित्र लगता है। कहा नहीं जाता है कि दीवारों के भी कान होते हैं। यदि कहीं उनके जबान होती तो उनका संगीत सुनने यहीं बैठा रहता। *(चारों ओर देखकर)* मेरा प्रिय कक्ष, पूर्वजन्म के परिचय के समान दिखनेवाला माँ का मुख ! मेरे जीवन

के आनन्द के कुछ क्षणों का कक्ष !

ययाति : पुरु, तुम ऐसी बातें कर रहे हो मानो तुम्हारा जीवन ही समाप्त हो गया हो। इतने दिन तक आश्रम में परिश्रम किया, अब आगे आनन्द ही आनन्द है। यह सब रहने दो, तुम अपने आश्रम की बातें बताओ, स्वयंवर में क्या हुआ ? सब बताओ।

पुरु : दूतों ने क्या अब तक बताया नहीं ?

ययाति : दूत बिना बताए रहेंगे ? पर तुम्हें कैसा लगा यह बताओ। गुरुजन क्या कहते थे ? स्वयंवर कैसा रहा ?

पुंरु : कहना क्या है ? यह भी और स्वयंवरों के समान ही था।

ययाति : अपनी प्रशंसा करने में लजाने की आवश्यकता नहीं है, पुरु ! संसार के सभी महापुरुषों का यही प्रयास रहा है। तुम क्यों लजाते हो ?

पुरु : मैं लजाता नहीं। पर मैं महापुरुष नहीं हूँ। महापुरुषों के वंश में जन्म अवश्य लिया है, पर एक मनुष्यमात्र हूँ।

ययाति : पुरु, हमारे वंश के बारे में बात करते समय तुम उपहास का-सा स्वर क्यों निकालते हो ? हमारा कुल ऐसा अनुपम कुल है। उसमें जन्मे पुण्यात्मा हो तुम। उसकी महानता का अनुभव तुम्हें होना चाहिए। यह छोड़कर *(नकल करके)* 'महापुरुषों का कुल' कहकर उपहास करने का क्या मतलब है ? आश्रम में...

पुरु : आश्रम में ? छिः, छिः, वहाँ मैंने एक ही बात सीखी, 'हमारे वंश की गरिमा ! मेरे पिताजी ने किस प्रकार पहली बार ही पचास ऋचाओं को कंठस्थ कर लिया था ! मेरे पितामह ने केवल तेरह वर्ष की आयु में ही किस प्रकार धनुर्विद्या में बड़े-से-बड़े वीरों को पराजित कर दिया था !' ऐसी बातें कोई दो-चार हैं ! आश्रम-भर में मेरे वंश के

पराक्रम की कहानियाँ कही जाती हैं। एक बरगद पर आपके खड्ग का गहरा चिह्न अब भी है। 'मेरे पिताश्री ययाति महाराज का केवल बारह वर्ष की आयु में किया गया खड्गाघात !'

ययाति : उसमें उपहास करने की क्या बात है ? जब मैं वहाँ अध्ययन कर रहा था तब अपने पूर्वजों के पराक्रमों के चिह्नों को देखकर मेरी छाती फूल जाती थी।

पुरु : मेरा तो दिल बैठ गया है। पुरु ने क्या किया ? कुछ भी तो नहीं, उससे मिलने के लिए जब भी उसके पिता आते, वह उनसे झगड़ता, बाकी समय चुप्पी लगाकर बैठा रहता। जिस प्रकार उसकी माँ को भूल गए, उसी प्रकार लोग उसे भी भूल जाएँगे। *(मानो अपने-आपको)* दिन में यह कक्ष, और इसमें बसने वाले मुख का स्वप्न दिखाई देता।

ययाति : पुरु, तुम्हें क्या चाहिए ? तुम्हें किस बात की कमी है ? वंश, विद्या, सर्वसम्पन्न रानी, कौन सी वस्तु है जो तुम्हारे पास नहीं है ?

पुरु : माँ, मेरी स्मृति में तैरनेवाला वह चेहरा, किसका मुख है वह ? इसका उत्तर गुरुजनों ने भी आज तक नहीं दिया। जब कभी मैं पूछता तभी कोई-न-कोई बहाना बनाकर बच जाते। किसके जैसी थी ? वह कौन थी ?

ययाति : वह चाहे जिस जैसी भी रही हो, तुमने क्या समझा है ? उसे तुम्हारा वह व्यवहार अच्छा लगता ? अपनी माँ की बात छोड़ो। तुम्हारी यह आत्मग्लानि यदि चित्रलेखा को मालूम हो जाए तो वह तुम्हारे बारे में क्या सोचेगी ? तुम्हारे कुल के बारे में क्या कहेगी ?

पुरु : क्या कहेगी ? चित्रलेखा के स्वयंवर में पहले धनुर्विद्या की

शर्त रखी थी, बाद में अन्तिम क्षणों में उसे हटा दिया गया। मालूम है क्यों ?

ययाति : *(हैरान होकर)* क्यों ?

पुरु : मुझे भी यह सूझा नहीं था। सूझता तो स्वयंवर में ही नहीं जाता। उसके पिता की इच्छा थी कि चित्रलेत्रा चन्द्रवंश के युवराज को जयमाला पहनाए और आर्यावर्त की सम्राज्ञी बने। उन्होंने यह सोचकर यह शर्त रखी थी कि चन्द्रवंश के राजकुमार के लिए धनुर्विद्या क्या चीज है। पर मेरे शौर्य का परिचय मिलते ही उन्होंने वह शर्त हटाकर चन्द्रवंश का सम्मान किया, आपकी कीर्ति का सम्मान किया। ऐसा लग रहा था कि चित्रलेखा का विवाह मुझसे नहीं, आपसे किया गया।

ययाति : पुरु, तुम मूर्ख हो। कैसी बातें कर रहे हो ? ऐसा गोबर तुम्हारे दिमाग में किसने भर दिया ?

पुरु : चित्रलेखा ने !

[ययाति चौंककर देखता है।]

पुरु : हाँ, उसी ने ! मेरी पन्द्रह दिन की पत्नी ने ! मेरे बारे में उसे अकथनीय असन्तोष है ! तिरस्कार क्यों न हो ? बेचारी ! यह विदुषी है। उसमें वीरप्रसविनी बनने की इच्छा है। उसे तो आपके समान पराक्रमी पति चाहिए था। मेरे जैसे रोऊ को गले में मढ़कर वह क्या करेगी ?

ययाति : *(विह्वल होकर)* ऐसे पराक्रमी पूर्वजों के वंश में जन्म लेने वाले तुम ऐसे क्यों हो गए पुरु ?

पुरु : यह मेरे पूर्वजों का ही प्रताप है। बचपन से आज तक प्रातः, सन्ध्या और रात को सभी लोग एक ही बात कहते हैं। "अपने पूर्वजों के समान बनो, पूर्वजों के समान बनो।" जब मैं इस कक्ष में रहता हूँ तब यह बात कोई

भी नहीं कहता। केवल इसी एक बात के आधार पर मैं आज तक जिन्दा हूँ।

[थोड़ी देर के लिए स्तब्धता।]

ययाति : पुरु, जब हम बातें करना आरम्भ करते हैं तो झगड़ा शुरू हो जाता है। ऐसा क्यों होता है, यह मुझे आज तक मालूम नहीं हुआ। हम दोनों दो दिन साथ रहते हैं तो केवल वाद-विवाद ही होता है।

पुरु : वाद-विवाद क्यों हो पिताजी ? मैंने हजार बार कहा है, मैं अपने पूर्वजों के रास्ते पर चलना नहीं चाहता। मेरा रास्ता दूसरा है।

ययाति : क्यों ? उनके आदर्श में बुराई क्या है ? वे अपने जीवन के आदर्शों के कारण प्रजा की आँखों में देवता बने।

पुरु : वे देवता बने, ठीक है। मैं अकिंचन बनना चाहता हूँ। प्रजा की आँखों में देवता बनना मेरे लिए सम्भव नहीं है। परन्तु प्रजाजनों की आँखों में अकिंचन बनने का महाकार्य भी मेरे पूर्वजों ने कब किया ? निष्काम्य को भी मैं एक सिद्धि ही मानता हूँ।

ययाति : तो विवाह क्यों किया ? कल राजा बनोगे तो क्या करोगे ?

पुरु : मेरा विवाह करना अकिंचन बनने के महाकार्य का पहला सोपान है। मैं अपने पहले बेटे को आपकी गोद में डालकर चला जाऊँगा। वह अपने पूर्वजों के महान रास्ते पर चलेगा। मैं अपने रास्ते पर चलूँगा।

ययाति : बात करना सरल है पुरु ! तुम्हारा रास्ता कौन सा है, उसे जानते भी हो तुम ? मेरा एक सारथी था। वह दासी है न स्वर्णलता, उसका पति। वह एक दिन घर-बार और पत्नी छोड़कर, शराब और वेश्याओं के पीछे भागा।

अकिंचन बनने का यत्न किया। पर सम्भव न हो सका। मन को शान्ति नहीं मिली। अन्त में उसने आत्महत्या कर ली...तुम क्या करोगे, कम-से-कम उसे तो जानते हो ?

पुरु : *(वास्तव में दुःखी होकर)* नहीं। वही क्यों, दूसरे और किसी प्रश्न का मुकाबला मैंने नहीं किया ? मैं अपनी बातों के लिए आप ही गूँगा बन गया हूँ। अपने कानों के लिए बहरा हो चुका हूँ। जब एकान्त में होता हूँ, तब इस कक्ष की याद के अतिरिक्त और कुछ भी नहीं सूझता है। मैं अपने अस्तित्व से ही घबराता हूँ। इस देह की सार्थकता को सिद्ध करने के लिए जब मैं अपने भीतर झाँकता हूँ तो वहाँ कुछ नहीं दीखता, अपने-आपसे प्रश्न पूछने का साहस भी यदि हो तो वह भी बहुत है, पिताजी...

ययाति : अपने-आपसे प्रश्न पूछने का साहस ? इसका मतलब क्या है ?

पुरु : *(फिर से उपहास के स्वर में)* आपको वह सब कैसे समझ में आएगा पिताजी ? आप लोगों को तो प्रश्न पूछने का अवसर ही नहीं आया। पराक्रमी बनना चाहिए, वैभवशाली होना चाहिए। पत्नी और बच्चों की आँखों में, प्रजा की आँखों में देवता बनना चाहिए। आपका रास्ता स्पष्ट था। अपने मन से प्रश्न पूछने का धैर्य न होने से मैं तड़पता रहा। किसी एक शरारती देव द्वारा कान में फुसफुसाई गई समस्या को समझने में असमर्थ होने के कारण मैं जल रहा हूँ। ऐसी बातों को समझने के लिए आपके पास समय कहाँ ?

ययाति : *(दयार्द्र होकर)* हाँ, मेरा ही दोष है। तुम्हें समझने का प्रयत्न मैंने कभी नहीं किया। आगे से तो यत्न करूँगा पुरु...

पुरु : *(हाथ जोड़ते हुए)* बस, पिताजी, बस। यह दया और दया का मुखौटा आपको शोभा नहीं देता। मेरी बातों और मेरे व्यवहार से मेरे लिए आपके मन में जो तिरस्कार उत्पन्न हो रहा है, उसे दया से छिपाना चन्द्रवंश की रीति के विरुद्ध है। मैं आपके तिरस्कार का सम्मान कर सकता हूँ। पर जब आप दया दिखाते हैं तब मेरे रोंगटे खड़े हो जाते हैं। ऐसी सहानुभूति से कोई भी समस्या हल नहीं होती है। जब यह भय हो कि यह समस्या जीवन के कण-कण खा जाएगी तभी जाकर उसके परिहार का रास्ता दिखाई देता है। ऐसे प्रलय का समय अभी नहीं आया है।

ययाति : हम दोनों के बात करने से कोई लाभ ही नहीं, तो चलो चुपचाप बैठे रहें।

[पुरु उठकर कक्ष का निरीक्षण करता हुआ चक्कर काटता है। कुछ देर तक निस्तब्धता। बाद में एकदम...]

पुरु : पिताजी ! यह कक्ष मुझे प्रिय है। इसीलिए आपने कहा था न कि यहीं मेरे अन्तःपुर की व्यवस्था कराएँगे ? फिर क्यों नहीं हुई ?

ययाति : पता नहीं, भगवान ही जाने। तुम चाहो तो कहला भेजूँगा। अब इसके लिए फिर से विवाद की आवश्यकता नहीं है, पर अभी इसे सजाया नहीं गया है।

पुरु : सजाया नहीं गया है, तो कोई बात नहीं। इसके अतिरिक्त चित्रलेखा उस सजावट को देखनेवाली थोड़े ही है ! वह यहीं आ जाए।

ययाति : बाहर कौन है ?

स्वर्णमाला : *(प्रवेश करके)* महाप्रभु !

ययाति : चित्रलेखा को यहीं आकर विश्राम करने के लिए कहो।

स्वर्णलता : पर प्रभु...

ययाति : जो कहा गया, उसका पालन हो। उसे केवल इतना कहो कि पुरुराज ऐसा चाहते हैं। नहीं तो लोग यह न कहें कि बहू के प्रथम बार आने पर अन्तःपुर को सजाने तक की भी योग्यता हममें नहीं थी।

[पुरु हँसता है। स्वर्णलता जाती है। कुछ देर के लिए रंगमंच पर अजीब-सी चुप्पी छा जाती है। बाद में एकदम...]

पुरु : पिताजी, फिर एक अन्तिम बात पूछता हूँ, मेरी माँ कौन थी ? अब मुझे उसका सम्पूर्ण उत्तर मिलना ही चाहिए।

ययाति : व्यर्थ में गुस्सा नहीं करो। मुझे देखते ही तुम उपहास करने लगते हो। तुम्हारी बातों में अपमान करने की ध्वनि नहीं होती तो मैं स्वयं तुम्हें वह बता देना चाहता था। अब उसे रहस्य रखने में कोई अर्थ नहीं है। इसके अतिरिक्त मेरा मन भी बदल गया है।

पुरु : वह किसके जैसी थी ?

ययाति : जब मैं दिग्विजय पर गया था तब उससे भेंट हुई थी। उसके रूप पर मोहित होकर मैंने उससे विवाह कर लिया। परन्तु उसने एक निमिष भी मन को शान्ति नहीं दी। उसके मरने तक मेरा जीवन दूभर हो गया था। वह केवल तुम्हारी माँ थी, मेरे प्रथम पुत्र की माँ होने के नाते ही मैंने उसे पटरानी बनाया।

पुरु : बाद में ?

ययाति : पर उसने हम सबको धोखा दिया। राजपुरोहित से लेकर हमारी अश्वशाला के नौकर तक की आँखों में धूल झोंककर चली गई।

पुरु : *(उत्सुकता से)* क्यों ? क्या हुआ ?

ययाति : उसके अन्तिम दिन सुख से नहीं बीते। दर्द से तड़पकर मरी वह। अन्त में यह स्पष्ट हो जाने पर कि उसका बचना सम्भव नहीं है, उसने सत्य कहा। वह राक्षस-कुल की थी।...हाँ, पुरु तुम्हारी धमनियों में राक्षस-कुल का रक्त भी है। मुझे उसे तुममें नहीं के बराबर करना था। राक्षसों के साथ तुम्हारा सम्बन्ध समाप्त करना था। आर्यावर्त के चक्रवर्ती के मन में अपनी असुरता का कुछ भी अंश नहीं होना चाहिए। इसीलिए सबकुछ छिपाए रखा। सत्य की कटुता और असत्य के पास छोड़कर विस्मृति के पीछे भागना पड़ा।

[पुरु एक-दो क्षण दंग होकर खड़ा रहता है। बाद में हँसी का विस्फोट-सा होता है और ठहाका मारता है।]

पुरु : अच्छा हुआ पिताजी, उन्होंने आप सबको अच्छा पाठ पढ़ाया। आपको, आपके पुरोहित को, आपकी प्रजा को...अच्छा पाठ पढ़ाया। राक्षस-कन्या ! राक्षस-कन्या !

[बाद में हँसी का विस्फोट जैसे हुआ था, वैसे ही बन्द हो जाता है।]

पुरु : पर यह सब आपने पहले ही क्यों नहीं बताया ? अपने दम्भ के लिए आपने मेरा जीवन नष्ट क्यों किया ? वह एक मुख ! उसकी याद में भूतकाल की बातों का स्मरण करते हुए मैंने अपना बचपन बिताया। ऐसे क्यों बैठे देख रहे हैं ? *(चीखते हुए)* तब क्यों मुँह नहीं खोला ?

ययाति : पुरु...

[शर्मिष्ठा दौड़ती हुई आती है। आते ही पुरु के पाँवों में पड़कर...]

शर्मिष्ठा : युवराज, आपको ही अब महाराज को बचाना होगा ! दया करके जाइए ! देर नहीं कीजिए !

पुरु : *(दिग्भ्रान्त-सा होकर)* कौन हो तुम ?

ययाति : क्या हुआ शर्मिष्ठा ? क्यों चीख रही हो ?

शर्मिष्ठा : *(रोती हुई)* बताती हूँ। पर विलम्ब न कीजिए युवराज ! उनके नगर छोड़कर चले जाने से पहले...

ययाति : शर्मिष्ठा, तुम क्यों पागलों की-सी बात कर रही हो ? वह माने कौन ?

शर्मिष्ठा : शुक्राचार्य प्रभु, वह और देवयानी।

पुरु : वे नगर छोड़कर क्यों चले गए ? क्या हुआ पिताजी ?

शर्मिष्ठा : उसे सुनने के लिए नहीं ठहरिए। शुक्राचार्य ने क्रोध में आकर महाराज को शाप दिया है। युवराज, आप भागकर जाइए...

पुरु-ययाति: शाप !

ययाति : क्या कहा ? क्या शाप दिया ? बताओ, जल्दी बताओ !

शर्मिष्ठा : क्या है...यह न पूछिए। पहले जाइए, युवराज !

ययाति : *(चिल्लाकर)* शर्मिष्ठा...

शर्मिष्ठा : उन्होंने शाप दिया है, ''महाराज आज रात से पहले बूढ़े हो जाएँ।'' मैं उनके पाँवों पर लोटी। महाराज के लिए देवयानी को एक बार बचाने की बात याद दिलाई। पर लाभ नहीं हुआ। युवराज, जल्दी जाइए ! वे नगर छोड़कर चल पड़े हैं।

ययाति : यह सच है, शर्मिष्ठा ? या तुम्हारा बीभत्स विनोद है ? मैं ही जाकर उस बूढ़े की दाढ़ी पकड़कर पूछता हूँ...

शर्मिष्ठा : *(उसे पकड़कर खींचते हुए)* आप नहीं महाराज, यदि अब आप जाएँगे तो और कुछ अनर्थ हो सकता है। अपने बेटे को ही भेजिए।

पुरु : *(मानो कुछ भी समझ में न आया हो)* मैं ! मैं !...

शर्मिष्ठा : आपको ही जाना होगा और किसी से यह सम्भव नहीं है।

[पुरु जाता है। ययाति आँखें फाड़कर ऐसे देखता है मानो उसके चारों ओर जो हुआ, उसका उसे कुछ पता ही न हो। शर्मिष्ठा दूसरी ओर मुँह करके रोती है।]

ययाति : *(एकदम सचेत होकर)* बुढ़ापा...बुढ़ापा ! रात से पहले बुढ़ापा ? बाद में क्या ? शर्मिष्ठा, राक्षसी, इस सबके लिए तुम ही कारण हो...तुम्हारी बातों के जाल में फँसने से ऐसी परिस्थिति पैदा हुई।

शर्मिष्ठा : चिन्ता न कीजिए। युवराज गए हैं। शाप-निवारण अवश्य कराएँगे। मेरी बात पर विश्वास कीजिए।

ययाति : शाप ? निवारण ? शाप-निवारण का रास्ता देखकर बैठे रहना पड़ेगा। एक ओर वह जर्जर पागल बूढ़ा और दूसरी ओर भीगती मसोंवाला यह बच्चा...मुझे देखते ही वह बूढ़ा आग हो जाता है। मुझे देखते ही मेरा बेटा भी आग उगलता है। वह मेरे शाप-निवारण के लिए यत्न करेगा ? नहीं, मुझे जाना ही चाहिए। शुक्राचार्य से मिलना ही चाहिए।

शर्मिष्ठा : नहीं, महाप्रभु, मेरी बात सुनिए। आपके जाने से कोई आशा नहीं है। शान्त रहिए।

ययाति : *(एकदम हतबल होकर)* शान्ति...यह शान्ति...अथाह कुएँ में गिरने वाले की-सी शान्ति है शर्मिष्ठा ! प्रेरणाहीन गति, आधारहीन स्थिरता, इससे भयंकर और क्या हो सकता है ? यदि वह शान्त न हुआ तो...और क्या ?

शर्मिष्ठा : न हुआ तो क्या महाप्रभु ?

ययाति : न हुआ तो ?

शर्मिष्ठा : क्रोध न कीजिए। बुढ़ापे से कोई नहीं बच सकता। आपने उसे व्यर्थ में जल्दी बुला लिया। कोई बाधा नहीं। अब आप वानप्रस्थ स्वीकार कीजिए। मैं भी चलती हूँ। मुझे आपके दुःख की गहराई का ज्ञान नहीं है, पर कल्पना कर सकती हूँ।

ययाति : *(हिंस्र होकर)* चुप रहो *(बाद में स्वर को नीचा करके)* तुम्हारा उसकी कल्पना कर पाना असम्भव है। उसमें भी तुम बाहर की हो। मेरे दुःख से बाहर, मेरे अस्तित्व से बाहर। तुम केवल मेरे अधःपतन को देख सकती हो। इतने वर्ष अभिमान से निमिषों को अपने अधीन, वज्र के समान एकत्र करके रखा था। यदि वे सब मेरी मुट्ठी में ही स्फोट हो जाए तो क्या करें ? प्रत्येक निमिष, प्रत्येक क्षण उल्का के समान मेरे भीतर से निकले तो क्या करें ?

शर्मिष्ठा : यहाँ आप अपने साथ खेल कर रहे हैं। पर तपस्या से अपना परिचय तो कर लीजिए।

ययाति : वह इतना सरल नहीं है। सरल है ही नहीं। यदि मेरा परिचय मुझे देना हो तो मुझे तरुण ही बने रहना चाहिए शर्मी ! मुझे तरुण ही बने रहना चाहिए।

[पलंग पर बैठता है। बाद में पागल के समान इधर-उधर देखता है। हाथ बढ़ाकर पलंग पर टटोलता है। शर्मिष्ठा घबराकर उसे पकड़कर पलंग से अलग करती है।]

शर्मिष्ठा : महाराज, यह क्या कर रहे हैं ?

ययाति : मैं अपने भूतकाल को पकड़ रहा हूँ।...मुझे विश्वास नहीं होता है कि यहीं मैं रानियों के साथ आमोद-प्रमोद किया करता था। काल के साथ स्पर्धा किया करता था...कई

रानियों के हास्य और रुदन में दिन-रात सुख लूटता था। उनके हास्य से रुदन में अधिक मादकता मिलती थी। इसलिए जान-बूझकर उनको तंग करके रुलाता था। *(एकदम शर्मिष्ठा को देखकर द्वेष से)* तुमने मुझे जीत लिया यही तुम्हारा रोना है, शर्मिष्ठा, यही तुम्हारा रोना...

शर्मिष्ठा : मेरी वेदना में आपको वह मादकता, वह माधुर्य दिखाई देता था। *(हँसकर कड़वे स्वर में)* मुझे पहले मालूम हो जाना चाहिए था।

ययाति : अब मालूम होने से क्या हो गया ? मैंने तुम पर विश्वास करके कहा, मुझे छोड़कर मत जाओ। अब अकेले को छोड़कर न जाओ।

शर्मिष्ठा : मैंने सोच-विचारकर अपना हाथ दिया है। मैं पीछे नहीं हटूँगी।

ययाति : *(एकदम)* शर्मिष्ठा, पुरु क्यों नहीं आया ? अब वह आनन्द से नाच रहा होगा। उसका राक्षस-रक्त उबल रहा होगा। उसे तो वही चाहिए था। वह मेरे लिए प्रयत्न नहीं कर सकता। वह मुझसे घृणा करता है।

शर्मिष्ठा : झूठा सन्देह न कीजिए प्रभु, मैं ही वहाँ जाकर देख आऊँगी।

ययाति : नहीं-नहीं, अब मैं एकान्त सहन नहीं कर सकता शर्मिष्ठा !

शर्मिष्ठा : कौन है...स्वर्णा !

स्वर्णलता : *(प्रवेश करके)* क्या देवी ?

ययाति : युवराज अभी नहीं आए ?

स्वर्णलता : वह बाहर हैं। पूछा है कि वह अब भीतर आ सकते हैं ?

ययाति : *(चिढ़कर)* तो फिर आता क्यों नहीं ? उसकी एक बार और आरती उतारकर स्वागत करना होगा क्या ? उसे

क्या ? हँस रहा होगा। प्रसन्नता से नाच रहा होगा। राजा बनने के स्वप्न देख रहा होगा...। दुष्ट !

स्वर्णलता : नहीं महाप्रभु ! युवराज दुःखी थे। वह महामन्त्रियों के साथ खड़े बातें कर रहे थे।

ययाति : मैं यहाँ आग के बिस्तर पर तड़प रहा हूँ और वह वहाँ मन्त्रियों के साथ विचार-विमर्श कर रहा है, बुलाओ उसे इधर ! तुरन्त बुलाओ। *(स्वर्णलता जाती है, एक क्षण के लिए स्तब्धता)* पर इतनी जल्दी कैसे ? इतनी जल्दी कैसे आ गया ? शर्मिष्ठा, उसकी शुक्राचार्य से भेंट ही नहीं हुई होगी या उसे उन्होंने खाली हाथ लौटा दिया ? तब, *(चिल्लाकर)* तब ?

[पर्दा गिरता है।]

अंक : तीन

[वही दृश्य। सभी पिछले अंक की भाँति है। इसमें केवल कुछ क्षणों का अन्तर है। प्रतीक्षा में ययाति चित्र-लिखित-सा खड़ा रहता है। शर्मिष्ठा भी स्तब्ध है। पुरु आता है।]

ययाति : *(उसे पकड़कर)* क्या हुआ पुरु ?

पुरु : (छुड़ाते हुए) मुख्य द्वार तक मेरे पहुँचने के पहले ही शुक्राचार्य चले गए थे। अपनी बेटी के साथ। वहाँ उनका एक शिष्य हमारी राह देखता खड़ा था। उसी ने मुझे सबकुछ बताया।

ययाति : क्या कहा ? शाप-निवारण के उपाय का पता चला ?

पुरु : पता चला। आपने देवयानी को कुएँ से बचाया था। वही याद करके निवारण का उपाय बता गए। आपके बुढ़ापे को स्वीकार करने के लिए यदि कोई तरुण तैयार हो तो आपका तारुण्य बच जाएगा।

[स्तब्धता। ययाति का मुख धीरे-धीरे चमकने लगता है। दाईं ओर देखता है। शर्मिष्ठा और पुरु दोनों गम्भीर खड़े रहते हैं। केवल पुरु के मुख पर व्यंग्य की हँसी है।]

ययाति : *(आनन्द से चिल्लाते हुए)* तो फिर किस बात की बाधा है ? शर्मी, शर्मी, मेरा तारुण्य अभी नहीं गया। मैं अब भी अपनी विजयों को पूरा कर सकता हूँ। अपनी पताकाओं को दिगूदिगन्तों में फहरा सकता हूँ—देवयानी। बेचारी। उसका सारा गुस्सा व्यर्थ गया। मैंने कहा : मेरी बात सुनो। वह मेरा नाश करने के लिए चली थी। मेरी चिता पर दीया जलाने चली थी। देखा, शर्मिष्ठा ? बुढ़ापा ही ठीक है, कहती थीं तुम। शाप ही ठीक है, कहती थीं, परन्तु जगत् में शुक्राचार्य जैसा खूसट बूढ़ा भी यौवन को प्यार करता है। आज नहीं तो कल, कल नहीं तो परसों *(उन दोनों की ओर देखकर)* यह क्या ? तुम दोनों चुप क्यों खड़े हो ? क्यों, तुम लोगों को प्रसन्नता नहीं हुई ? मैं जलती आग से पार हो गया, इससे तुम लोगों को हर्ष नहीं हुआ ? कुछ कहते क्यों नहीं, अन्त में कम-से-कम तिरस्कार क्यों नहीं दिखाते ? क्यों, मेरे आनन्द में कोई दोष है ?

पुरु : नहीं पिताजी, परन्तु आपके बुढ़ापे को स्वीकार कौन करेगा ?

ययाति : बस यही ? *(फिर हँसकर)* इसीलिए तो तुम्हें लड़का कहा जाता है। उसके लिए कौन सी कमी ? आर्यावर्त के चक्रवर्ती के लिए जनता की क्या कमी है ? सैनिक हैं, प्रजा है, मन्त्रिगण हैं। वे सब मेरे आज्ञा- पालक हैं। इसके अतिरिक्त वे मुझसे प्यार करते हैं। मैंने अपने प्राणों का मोह छोड़ उनकी रक्षा की है। इनमें एक भी आने को तैयार नहीं हुआ, यह कहना कैसा पागलपन है !

शर्मिष्ठा : क्यों आना चाहिए ? आपके कर्मों के फल को वे क्यों स्वीकार करें ? पाप-पुण्य कोई धन है, जिसका लेन-देन

किया जाए ? मेरी बात सुनिए तो स्वामी, इस शाप को अपने ऊपर ले लेने की किसी पागल से या योगी से भिक्षा माँगने की आवश्यकता नहीं। हम चुपचाप वानप्रस्थ आश्रम चलें।

ययाति : *(अपने कानों पर विश्वास न करते हुए)* मतलब ? मैं इस निवारण-उपाय को लात मारकर फिर उस अग्निकुंड में गिरूँ ? यह तुम्हारा कैसा प्रेम ? कैसी दया ? मुझे फिर से बुढ़ापे को स्वीकार कर लेना चाहिए ? एक बार मुझे अपने जाल में फँसाया, अब मैं जर्जरित होकर तुम्हारी सहायता के लिए तुम्हारे पाँव पड़ता रहूँ ? देखो इस पर विश्वास करना चाहिए, ऐसी राक्षसी पर ?

पुरु : *(सहन न कर पाने के कारण)* पिताजी...

ययाति : तुम चुप रहो...इसे...इसे

पुरु : *(उन दोनों के बीच में आकर) तुम बाहर जाओ...माँ...*

शर्मिष्ठा : नहीं युवराज...

ययाति : दूर हो। मेरी आँखों के सामने से...

पुरु : दया करके बाहर जाओ माँ ! मैं तुम्हें विस्तार से बताता हूँ। *(पुरु शर्मिष्ठा को ले जाकर बाहर छोड़ आता है।)*

ययाति : *(कर्कश ध्वनि में)* अब तुम क्या कहते हो ?

पुरु : कहने की बात नहीं, पिताजी, वास्तविकता है।

ययाति : क्या हुआ वास्तव में ?

पुरु : आपके बुढ़ापे को स्वीकार करने के लिए कोई भी तैयार नहीं।

ययाति : 'कोई भी' माने कौन ? मैंने बच्चों की भाँति जिस प्रजा को पाला, उस प्रजा ने ? उनके लिए मैंने सौ-सौ बार युद्धों में प्राणों की बाजी लगाई। उनमें से एक भी तैयार नहीं ?

पुरु : वे कहते हैं कि उसके लिए उन्होंने कर दिए हैं।

ययाति : ऐसा किसने कहा है ? उसे खींच क्यों नहीं लाए ? चमड़ी उधड़वा देता। वर्ष में एक बार एक मुट्ठी सोना दे देने से ही इनका सिर फिर गया ? सैनिकों को आज्ञा दो। *(पुरु चुपचाप खड़ा रहता है।)* जो लोग पैसे के लिए जान देने को तैयार हैं, उनमें कम-से-कम एक तो अवश्य स्वीकार कर लेगा।

पुरु : किस मुँह से उनसे पूछूँ ? युद्धभूमि में मरना और बात है, दूसरों के पाप के बोझ को ढोकर तड़पना कुछ और बात है।

ययाति : *(उसके अज्ञान पर तरस खाते हुए)* पुरु, तुम्हें अभी मनुष्य के गुणों का ज्ञान नहीं। जो काम सूर्य के तेज से नहीं होता, वह सुवर्ण की मोहरों की कान्ति से हो जाता है। क्या तुमने कहा था कि मेरे बुढ़ापे को स्वीकार करने वाले के परिवार को जागीर दूँगा ? एक सम्पूर्ण ग्राम...दस ग्राम, सौ ग्राम...यहाँ तक कि आधा राज्य...*(स्वर को ऊँचा करते हुए)* वह जो माँगे, वह दूँगा। जाकर कहो, यह काम होना ही चाहिए।

पुरु : सब कहा...पर...

ययाति : क्यों ? क्यों ?

पुरु : यह एक ग्राम, दस ग्राम, आधा राज्य वे किसके लिए स्वीकार करें ? जनता जो चाहे स्वीकार कर सकती है परन्तु उसके बलिदान का कोई दूसरा उपभोग करे, यह सहन नहीं कर सकती।

ययाति : त्याग का मूल्य बस इतना ही है ? उसके साथ प्राप्त होने वाला अमरत्व, कीर्ति...।

पुरु : त्याग का अर्थ उन्हें क्या समझाऊँ ? कीर्ति प्राप्त होते ही

मनुष्य देवता की बराबरी पर आ जाता है। यह सच है परन्तु सामान्य मनुष्य के लिए उसकी सामान्यता ही बहुत है। उसी में उनकी शाश्वतता है। क्षुद्रता और द्वेष में उन्हें जो आनन्द मिलता है, वही उनके लिए बहुत है। देवत्व पत्थर की भाँति है। उसकी पूजा की जा सकती है। सिर पर उठाकर जय-जयकार करते हुए उसकी शोभा-यात्रा निकाली जा सकती है। पर उसे गले में बाँधा नहीं जा सकता।

ययाति : नहीं पुरु, कोई-न-कोई रास्ता अवश्य होगा। छोटा सा रास्ता, जो हमसे छिपा है, जरा सोचो। *(एकदम हँसकर)* मूर्ख, एक बात पूछी कि नहीं ? तुम अवश्य भूल गए होगे। मैं केवल आधा राज्य ही नहीं दे रहा हूँ अपितु पाँच-छः वर्ष के बाद मैं अपने बुढ़ापे को वापस स्वीकार कर लूँगा। यह तुमने कहा ? हाँ, मुझे मालूम था कि तुमने कहा नहीं। जाओ, बता आओ। जाओ, खड़े क्यों हो ?

पुरु : पाँच-छः वर्ष ही क्यों, मैंने यहाँ तक भी कहा था कि अगले ही वर्ष आप उसे लौटाना स्वीकार कर लेंगे।

ययाति : इस पर उन्हें विश्वास आ गया ? मैंने कभी अपना वचन तोड़ा है ?

पुरु : प्रश्न यह नहीं पिताजी ! यहाँ प्रश्न नीति का नहीं है; विश्वास का भी प्रश्न नहीं है, धर्म का भी प्रश्न नहीं है। केवल वही होता, तो किस प्रकार उत्तर ढूँढ़ा जा सकता था ? यहाँ मानव का प्रश्न है, उन्हें त्याग नहीं चाहिए, कीर्ति नहीं चाहिए, जीवन में कोई परिवर्तन न हो, बस यही चाहिए। कोई देवता होता तो आपके बुढ़ापे को आनन्द से स्वीकार कर लेता। ये मानव हैं। एक ओर मृत विश्व है, दूसरी ओर अज्ञात युग। इन दोनों के बीच का

त्रिशंकु नरक उन्हें नहीं चाहिए। उन्हें...

ययाति : *(जुगुप्सा से)* पैदा होना, बच्चों को जन्म देना, मर जाना, कीचड़ के कीड़ों के समान मर जाना...

[पुरु बिना आवाज किए हँसता है। ययाति का उस ओर ध्यान नहीं जाता।]

ययाति : सभी ने यही कहा ? सबसे पूछ आए ?

पुरु : नहीं। मैंने जितने लोगों से पूछा, उन्होंने यही उत्तर दिया। बाकी मेरी बात को सुनने के लिए तैयार नहीं थे। उनके पास जाते ही वे ऐसे खिसके मानो मुझे कोई छूत की बीमारी लगी हो।

ययाति : यह क्या कह रहे हो ? पर यही जनता तुम्हें देखने के लिए चींटियों की तरह इकट्ठी नहीं हुई थी ? तुम्हारा जय-जयकार करने के लिए एकत्र नहीं हुई थी ?

पुरु : देवयानी के शुक्राचार्य से भेंट करने से पहले की बात थी वह। तब शुक्राचार्य मुझसे मिलने के लिए मुख्य द्वार तक आ चुके थे। उनके शाप देते समय चारों ओर जनता ऐसे खड़ी थी मानो कोई खेल देख रही हो। पता नहीं कितने लोगों ने उस शाप को सुना और कितनों ने नहीं सुना। पर वह वार्ता सारे नगर में फैल गई है। *(ऊबकर)* आपको ऐसी बातें मालूम हैं ही। सारे नगर में कोई अनर्थकारी बातें फैल गई हैं। मैं शुक्राचार्य को ढूँढ़ने के लिए जब सिर पर पाँव रखकर भागा जा रहा था तो उन्हें इस बात का निश्चय हो गया। अब तक, सही शाप क्या है, यह किसी को मालूम नहीं है।

ययाति : अब क्या करूँ पुरु ? कम-से-कम अब तो जाकर शुक्राचार्य से भेंट कर आओ। शाप-निवारण का कोई और उपाय हो तो पूछकर आओ।

पुरु : वह सम्भव नहीं है पिताजी ! वे अपने शिष्य को यह चेतावनी देकर गए हैं, "मेरे पीछे कोई आया तो ठीक नहीं होगा।" आप एक बात कर सकते हैं...

ययाति : क्या ? क्या ? क्या है वह ?

पुरु : माँ ने जैसा कहा, वैसे कीजिए।

ययाति : माँ, मतलब ?

पुरु : *(चुभते स्वर में)* शर्मिष्ठा ने जिस तरह कहा, वही कीजिए—वानप्रस्थ ग्रहण कीजिए।

ययाति : पुरु, अब तो मुझे ताना मत मारो। तुम्हारे पाँव पड़ता हूँ। ऐसी बातें न करो। लगता है, जैसे तुम्हें मेरी वेदना की कल्पना तक नहीं है। यह अमानुषिक उपहास न करो। यदि बुढ़ापा अपने समय पर आता तो उसका सामना करने का धैर्य भी आ सकता था।...यह शाप है...कोई शाप को अपने ऊपर धारण कर ले तो उसे पाँच-छः वर्षों में मुक्त कर दूँगा...उसे अपने हृदय को सदा के लिए अन्धकार से भरने की आवश्यकता नहीं है। यदि मैं उस शाप को धारण कर लूँ तो सोचो...पुरु, तब मेरे लिए एक ही रास्ता रहेगा।...आगे-आगे। वह ऐसा रास्ता है जिससे लौटना सम्भव नहीं है। प्रकाशरहित रास्ते पर जाया जा सकता है पुरु, पर स्वप्नहीन रास्ते पर जाना कैसे ?

[सिसक-सिसककर रोता है। पुरु दोनों हाथ बाँधकर उसकी ओर दयापूर्ण, पर स्थिर मुद्रा में देखता है।]

पुरु : *(एक क्षण रुककर)* एक उपाय है, पिताजी ! एक व्यक्ति है।

ययाति : *(उछलकर खड़ा होता है)* कौन ? वह कौन है पुरु ?

पुरु : अपने वंश के किसी ने भी जो अब तक नहीं किया, वही करने के लिए जो चल पड़ा है, ऐसा एक अकिंचन।

[एक-दो क्षण के लिए ययाति को कुछ भी समझ में नहीं आता है। बाद में एकदम उस बात का अर्थ मालूम होता है।]

ययाति : अपना मुँह बन्द करो मूर्ख ! उपाय है, कहता है उपाय... एक क्षण के लिए भी तुम्हारे सामने खड़ा नहीं रहूँगा मैं...।

[तेजी से जाता है। पुरु उसी स्थिर मुद्रा में उसकी ओर देखता है। थोड़ी देर में वह आत्मीयता और दया की मूर्ति बन जाता है। तभी शर्मिष्ठा भीतर आती है।]

शर्मिष्ठा : वह कहाँ गए ? क्या हुआ युवराज ? महाराज अभी जा रहे थे। मैंने उन्हें रोकने का यत्न किया तो वह मुझे धक्का देकर चले गए। क्या हुआ ?

पुरु : उससे पहले मैं एक बात पूछूँ ?

शर्मिष्ठा : हाँ, पूछिए।

पुरु : माँ, आप मुझे आदर से सम्बोधित न करें, मुझे उचित नहीं लगता। यहाँ आने से पहले आपके बारे में कई क्रूर कहानियाँ सुनी थीं। सुना था कि आपके यहाँ आने के बाद महल में सुख के क्षण बहुत कम हो गए। इस मनहूस महल के प्रति आपके मन में जो द्वेष है, उसी में सहयोग देने के लिए मैं आया। यहाँ आने से पिताजी के प्रति आपके प्रेम को देखकर मुझे आश्चर्य हुआ। उनके साथ नरक में भागीदार बनने के लिए आप चल पड़ी हैं। कौतूहल, स्तुति और यश को जीतने के कई गुण उनमें पर्याप्त हैं। परन्तु वह ऐसे निःस्वार्थ प्रेम के योग्य नहीं हैं।

शर्मिष्ठा : *(हँसकर)* मेरा मन आँधी में फँसे ताम्रस्तम्भ के समान है।

दोलायमान हो रहा है। मुझे भरोसा नहीं कि उसका तर्क तुम्हारी समझ में आ सकेगा।

पुरु : प्रयत्न तो किया जा सकता है ?

शर्मिष्ठा : एक सरल बात कहती हूँ। महाराज गुस्से में आए, चिल्लाए, छाती पीट ली। यह बात स्पष्ट थी कि मुझे यहाँ से धक्का देकर बाहर निकाल देते तो संकट से बच जाते। परन्तु इस विचार के लिए उन्होंने अवसर नहीं दिया। *(पुरु बोलता नहीं।)* समझ में नहीं आया ?

पुरु : *(हँसकर)* समझ में आया माँ ! इससे पहले होता तो समझ में नहीं आता। परन्तु अब मेरा मन केंचुली छोड़े सर्प के समान है। अब समझने में कठिनाई नहीं है।

शर्मिष्ठा : *(अपनी बात को जारी रखते हुए)* उन्हें भोग का अनुभव था, प्रेम का अनुभव नहीं था। जब वह अनुभव हुआ तब छोटे बच्चों के समान तर्क करने लगे। इसीलिए वह निष्पाप हैं पुरु ! रहने दो यह, बताओ, अब क्या हुआ ?

पुरु : कुछ भी नहीं माँ, पिताजी के शाप को स्वीकार करने के लिए कोई भी तैयार नहीं। केवल एक तैयार हुआ है। उसका नाम बताने का यत्न किया।

शर्मिष्ठा : बाद में ?

पुरु : पिताजी उस बात को सुनने को भी तैयार नहीं हुए।

शर्मिष्ठा : तैयार नहीं हुए ?

पुरु : नहीं, उसका अवसर ही नहीं मिला। उन्हें वह नाम पहले ही मालूम हो गया था।

शर्मिष्ठा : वह कौन है ?

पुरु : मैं।

शर्मिष्ठा : *(कोप से)* पुरु, मूर्खता न करो। बिना कारण के बलिदान करना विकृति का लक्षण है। *(पुरु हँसता है।)* हँसो नहीं।

त्याग का अभिमान भी एक विष है। याद रहे।

पुरु : अभिमान नहीं, आनन्द होता है। मुझे इसके अन्तःसत्त्व को जानना है। मेरे पूर्वजों को किस शक्ति ने जन्म दिया, यह मुझे जानना है।

शर्मिष्ठा : फिर भूतकाल की मृगतृष्णा की ओर भागना पड़ेगा। चित्रलेखा का क्या होगा ?

पुरु : उसी एक की याद नहीं दिलाओ माँ ! मैं नए जन्म के द्वार में खड़े शिशु के समान हूँ। उस एक शब्द से मुझे पीछे न धकेलो।

[एकदम पाँवों की शक्ति चली जाने से गिरने को होता है। शर्मिष्ठा उसे सँभालती है। मुँह पर वेदना।]

शर्मिष्ठा : पुरु, क्या हुआ ?

पुरु : *(वेदना में हँसते हुए)* शाप है माँ ! नए जीवन की वेदना।

[हँसता है।]

[पर्दा गिरता है।]

अंक : चार

[चित्रलेखा वातायन के पास खड़ी होकर शून्यदृष्टि से बाहर देख रही है। हाथ में एक छोटी सी वस्तु है। अनजाने में ही उँगलियाँ उससे खेल रही हैं। बाद में ऊबकर पलंग पर जाकर टेक लगाकर बैठ जाती है। कक्ष में जलते दीयों के अतिरिक्त अँधेरा छाया हुआ है। थोड़ी देर बाद स्वर्णलता आती है। चित्रलेखा का उस ओर ध्यान नहीं है।]

स्वर्णलता : देवी !

चित्रलेखा : हाँ।

[एकदम उस वस्तु को मुट्‌ठी में छिपा लेती है।]

स्वर्णलता : कोई दीया बुझ गया हो तो जलाकर जाने के लिए आई थी। देखा, आप जाग रही हैं।

चित्रलेखा : वाद्यों के शोरगुल में मुझे नींद आ गई थी। पर उनके रुकते ही नींद खुल गई।

स्वर्णलता : *(वातायन की ओर जाकर)* कितने हजार लोग एकत्र हुए हैं, आपने देखा ?

चित्रलेखा : हूँ। पर यहाँ की जनता बड़ी शान्त है। हमारे यहाँ यदि दस लोग एक जगह एकत्र हो जाते हैं तो सारे नगर को

सिर पर उठा लेते हैं। और अगर दस हजार एकत्र हो जाएँ तो कहना ही क्या !

स्वर्णलता : *(उसकी ओर न देखते हुए)* हमारे यहाँ भी कभी-कभी वैसा हो जाता है।

चित्रलेखा : तो आज क्या हो गया है इन्हें ? विवाह के दिन का-सा उल्लास भी नहीं है।...जाने दो। गलत सुना होगा। परन्तु इस अन्तःपुर में आने के बाद मैंने सबसे पहले जो वस्तु देखी, मालूम है, वह कौन सी है ?

स्वर्णलता : कौन सी है ?

चित्रलेखा : यह...

[मुट्ठी में छिपाई वस्तु को मुट्ठी खोलकर दिखाती है। स्वर्णलता उसे देखकर चौंकती है।]

स्वर्णलता : यह कहाँ मिला आपको ?

चित्रलेखा : यहीं पलंग के पैताने। यह चन्द्रवंश की पटरानियों के मांगल्यसूत्र का एक रत्न है न ?

स्वर्णलता : *(मुँह नीचा करके)* हूँ !

चित्रलेखा : मैंने पहले इसके बारे में बहुत कुछ सुना था। यह मेरे गले में आनेवाला है, यह सोचकर प्रसन्न भी हुई थी। पर मैंने यह नहीं सोचा था कि वह इस प्रकार मिलेगा। कैसी है बहू को मिली भेंट ?

स्वर्णलता : कृपा करके अब इसके बारे में बात न कीजिए देवी ! यह भी न पूछिए कि वह यहाँ आया कैसे ?

चित्रलेखा : जाने दो...तुम्हारा नाम क्या है ?

स्वर्णलता : स्वर्णलता।

चित्रलेखा : मेरे मायके में इसी नाम की एक दासी थी। मेरी सहेली थी। बहुत चतुर और अच्छी भी थी।

स्वर्णलता : तो केवल नाम में हम दोनों का साम्य है देवी ?

चित्रलेखा : ऐसा क्यों ? तुम उसके स्थान पर आई हो, तो वही गुण तुममें क्यों न हो ? हाँ, यदि मैं तुम्हें 'सरु' कहूँ तो कोई बुरा नहीं न ?

स्वर्णलता : *(एकदम चौंककर)* नहीं-नहीं, इस एक को छोड़कर जो चाहे सो कहिए। 'स्वर्णा', 'स्वर्णो'। जो चाहे कहिए, पर यह नाम नहीं।

[विचित्र स्तब्धता।]

चित्रलेखा : स्वर्णलता, मेरी बात से दुखी हो गईं ? मैंने कुछ सोचे बिना कह दिया...इस स्तब्धता को क्यों आगे बढ़ा रही हो ?

स्वर्णलता : *(उद्विग्न होकर)* इस विवाह की उदासीनता ? आप जैसी कम आयु की लड़की के भाग्य में क्यों आनी चाहिए ?

चित्रलेखा : उसमें दुखी होने की कौन सी बात है ? जब मुझे मेरी दासी पुष्पाम्बिका ने शुक्राचार्य के शाप की बात बताई थी, तब मेरी छाती फट-सी गई थी। मैं अब चन्द्रवंश की स्त्री हूँ। इस वंश का दुःख भी मेरा दुःख है।

स्वर्णलता : क्या कहूँ आपसे ? *(वातायन के पास जाकर)* कितने लोग एकत्र हुए हैं...हजारों। हज़ारों लोग, पर वे हजार मूर्तियों के समान खड़े हैं।

चित्रलेखा : उन्हें जो हुआ, वह सब मालूम है ?

स्वर्णलता : ये आए थे आपके दर्शन के लिए। यहाँ की नीरवता ने उनको बाँध दिया होगा। *(मानो एकदम जोश में आ गई हो)* पता नहीं क्यों, मेरी जबान काबू से बाहर होती जा रही है। अच्छा होगा कि मैं कुछ रुककर जाऊँ। आप विश्राम कीजिए।

चित्रलेखा : नहीं, यहीं रहो। तुम न रहीं तो मैं और यह रत्न...एक बात पूछूँ ? यह सच है कि मेरे परिवार के सभी

लोग दीपमाला देखने गए हैं ?

स्वर्णलता : नहीं, उन्हें महल के बाएँ भाग पर निवास के लिए भेजा गया है।

चित्रलेखा : कितनी दूर है वह स्थान ? मैं आवाज दूँ तो वहाँ सुनाई देगी ?

स्वर्णलता : ऊँहूँ।

चित्रलेखा : मुझे ऐसी इच्छा हुई।

स्वर्णलता : ऐसा मत कीजिए देवी ! यहाँ खड़े होने से नगर की सारी दीपमाला दिखाई देती है। आइए।

चित्रलेखा : नहीं, तभी देखा था न। दृष्टि इन दीयों से हटकर बाहर खड़े लोगों के मुँह पर जाती है। इन चमकने वाले दीयों के सामने उनके मुँह और अमंगलकारी-से लगते हैं। इससे तो अच्छा होगा कि तुम मुझे एक कहानी सुनाओ।

स्वर्णलता : कहानी सुनाऊँ ! आपको कौन सी कहानी सुनाऊँ ? कहानी तो आँखों के सामने घट रही है।

चित्रलेखा : जो आँखों के सामने नहीं घटती, उसके अलावा और कोई कहानी नहीं है ?

स्वर्णलता : है, पर आज उसे कहा नहीं जा सकता।

चित्रलेखा : क्यों ? विवाह की सन्ध्या होने के कारण ?

स्वर्णलता : हूँ।

चित्रलेखा : उसका और इसका क्या सम्बन्ध है स्वर्णा ?

स्वर्णलता : सोलहवें साल के बाद सम्बन्धित सभी कहानियाँ विवाह से सम्बन्धित होती हैं देवी !

[चित्रलेखा हँसती है। पर स्वर्णलता की गम्भीरता को देखकर चुप हो जाती है।]

चित्रलेखा : तो और कुछ कहो। समय नहीं बीतता है। मेरे बारे में तो तुम्हें मालूम है ही। वह तुम्हें मुझसे ज्यादा मालूम

होगा। अपने बारे में ही कहो।

[स्वर्णलता एकदम चौकस हो जाती है। उसकी चाल-ढाल में एकदम उत्साह पैदा हो जाता है।]

स्वर्णलता : *(हँसते हुए)* मेरी क्या कहानी है ? उसमें दो ही वाक्य हैं।

चित्रलेखा : विवाह हुआ। सुखी हुई। यही है न ?

स्वर्णलता : पहली पंक्ति ठीक है। दूसरी पंक्ति...ठीक हो भी सकती है। पर जहाँ तक मेरा सम्बन्ध है, विवाह हुआ। पति गायब हो गया। घबराइए नहीं देवी ! विवाह के दस वर्ष बाद गायब हो गया।

चित्रलेखा : गया कहाँ ?

स्वर्णलता : वैरागी हो गए...वे घर में रहते ही कम थे। महाराज के सारथी थे। उनके साथ घूमा करते थे।

चित्रलेखा : बाद में ?

स्वर्णलता : जीवन का गहराई से निरीक्षण किया। स्त्री, सम्पत्ति, सुख, ऐश्वर्य सब भोगा। मन को शान्ति नहीं मिली। एक प्रातः उठकर देखती हूँ तो मैं अकेली रह गई थी। महाराज को भी उनसे स्नेह था, उन्होंने भी ढूँढ़ा। मिले नहीं।

चित्रलेखा : इसका कारण क्या था ?

[स्वर्णलता उत्तर देनेवाली ही थी कि दुन्दुभी-नाद सुनाई देता है। चित्रलेखा वातायन की ओर भागती है। कुछ भी न दिखने पर स्वर्णलता की ओर घूमती है। इतने में स्वर्णलता सन्निपात के रोगी की तरह रोने लगती है।]

यह दुन्दुभी क्यों स्वर्णलता ?

स्वर्णलता : मुझे आना नहीं चाहिए था। किसी दूसरे को भेजना चाहिए था। आपका सामना करने का धैर्य मुझमें पहले ही नहीं था। पर देखने की उत्कंठा से आ गई। अब

आपको जो कहने के लिए आई थी, वह कह नहीं पाई...मुझे आना नहीं था। मेरे बदले इस पागलपन के नाच में विश्वास रखनेवाली को आना था...

चित्रलेखा : स्वर्णलता, क्या हुआ है ? ठीक से बात करो। अपने पागलपन के नाच को बन्द करो।

स्वर्णलता : *(रोना रोक न पाते हुए)* बताती हूँ...पर...पर कैसे कहूँ ?

चित्रलेखा : इस तरह रो क्यों रही हो ? मानो आज ही तुम्हारी शादी हुई हो...

स्वर्णलता : *(चिल्लाकर)* देवी, आज की शुभ वेला में ऐसा अमंगल मुख से नहीं निकालिए।

चित्रलेखा : ठीक है, क्या हुआ है बताओ ?

स्वर्णलता : कहाँ से आरम्भ करूँ देवी ? शुक्राचार्य के शाप के बारे में आपने सुना है। उसे सुनकर शर्मिष्ठा 'गलती मेरी है, मुझे शाप दीजिए।' कहकर उनके पाँव में लोट पड़ी।

चित्रलेखा : कहा न, वह सब पता है। आगे क्या हुआ, कहो।

स्वर्णलता : हजारों लोगों के सामने भरतकुल का गौरव उनके पैरों तले जर्जरित हो गया। उसके बाद आचार्य शाप का निवारण बताकर चले गए। महाराज के बुढ़ापे को स्वीकार करने के लिए कोई तरुण मिले तो यह निवारण होगा।

चित्रलेखा : फिर ?

स्वर्णलता : आगे कैसे कहूँ देवी ? आह, मुझ पर यह शाप क्यों ?

चित्रलेखा : आगे बकती क्यों नहीं पशु ?

स्वर्णलता : और डाँटिए देवी ! आपसे डाँट खाकर मुझे दुःख न होगा। महाराज का बुढ़ापा स्वीकार करने को कोई तैयार नहीं। हुआ...बाद में एक तैयार हुए।

चित्रलेखा : कौन ?

स्वर्णलता : युवराज, देवी ! आपके पति पुरुराज। विवाह के पन्द्रह

दिनों में बुढ़ापा स्वीकार कर लिया। इसीलिए यह दुन्दुभी...यह गर्जना...यह जयघोष *(चित्रलेखा स्तब्ध-सी रह जाती है।)* देवी, चुप न रहिए...रो सकें तो रो दीजिए। आँसुओं को दबाने से बढ़कर भयानक और कोई बात नहीं। रो दीजिए।

चित्रलेखा : *(जरा रुककर)* रोऊँ क्यों स्वर्णा, मुझे हँसना चाहिए। मैंने आर्यपुत्र पर कितना अन्याय किया था, मालूम है ! उन्हें दुर्बल समझ लिया था। उन्हें डरपोक समझकर अपने भाग्य को कोसा था। लेकिन मैं सौभाग्यशालिनी हूँ स्वर्णा ! ऐसा सम्मान और किस स्त्री के हिस्से में आया है ? उसके लिए आँसू क्यों ?

स्वर्णलता : वह आँसू आनन्द के भी हो सकते हैं। पर इस सौभाग्य को कुछ देर बाद नहीं आना चाहिए था ?

चित्रलेखा : नहीं, इसका अभी आना अच्छा हुआ। नहीं तो और कुछ दिन मैं आर्यपुत्र को और अपने भाग्य को पागल की भाँति कोसा करती। अब अगर कोसना है तो केवल अपनी मूर्खता को। इसी में आनन्द है।

स्वर्णलता : वह चिरकाल तक रह सकता है देवी, एक बात कहना ही भूल गई। दुन्दुभी बजने के बाद युवराज आपसे मिलने आने वाले थे...।

चित्रलेखा : अभी...! कैसी पगली हो तुम ? दुन्दुभी बजने तक की प्रतीक्षा न करके पहले ही बता देतीं तो मैं ही दौड़कर उनके पाँव पड़ती। ठीक है, तो तुम जाओ।

स्वर्णलता : अच्छी बात है देवी !

[उठकर एक-एक करके दीये बुझाती है।]

चित्रलेखा : यह क्यों स्वर्णा ?

स्वर्णलता : अन्तःपुर में पहली रात दीये नहीं रहने चाहिए देवी !

चित्रलेखा : सब मत बुझाओ स्वर्णा ! हमारे आनन्द के प्रतीक के रूप में एक-दो जलते रहें। उनके तेज को मुझे मन-भर देखने की इच्छा है।

[बाहर पुरुराज के नाम का जय-जयकार होता है।]

आ ही पहुँचे...अब तुम जाओ।

[स्वर्णलता कोने के दीयों को न बुझाकर चलती है।]

स्वर्णलता : जाती हूँ देवी ! आवश्यकता पड़ने पर आवाज दीजिएगा। मैं बाहर ही रहूँगी।

[स्वर्णलता जाती है। अँधेरे में पुरुराज धीरे से प्रवेश करता है। उसका मुख अँधेरे में दिखाई नहीं देता पर देह झुक गई है। बात करने में आवाज लड़खड़ाती है। उसे देख चित्रलेखा आगे आती है। उसका हाथ पकड़कर पलंग पर बैठाती है।]

पुरु : *(थके स्वर में)* चित्रा...

चित्रलेखा : विश्राम कीजिए आर्यपुत्र ! वह मूर्ख दासी सब अँधेरा करके चली गई।

पुरु : चित्रा...

चित्रलेखा : क्या है ?

पुरु : यदि मुझसे अपराध हुआ हो तो क्षमा करना...तुमसे बिना पूछे...

चित्रलेखा : और बात मत कीजिए। अपराध मेरा है। आपकी महानता मुझे ज्ञात न थी। मैंने कभी सोचा भी न था कि ऐसा पुण्य मुझे मिलेगा।

पुरु : यह ऐसा-वैसा भार नहीं देवी ! पिता के किए पाप का भार...सारे वंश का भार...उसे उठाने के लिए...ऊँह...तैयार हुआ हूँ। तुम्हारा सहारा चाहिए।

चित्रलेखा : क्या है आर्यपुत्र ! आपके बिना मेरा कोई अस्तित्व है ?

पुरु : मैं थक गया हूँ। मेरे लिए बुढ़ापे का दर्द तो मिल गया पर परिपक्वता नहीं मिली।

चित्रलेखा : कृपा करके विश्राम कीजिए।

पुरु : वह दीया बुझा दोगी ? आँखों में दर्द होता है। आह... थक गया हूँ। मुझसे कुछ भी नहीं हो पाएगा। केवल एक बार।

चित्रलेखा : बुझा देती हूँ आर्यपुत्र ! उससे पहले आपकी आरती उतार लूँ...

पुरु : अब ? मैंने उन्हें बार-बार मना किया, अच्छी बात है, जल्दी करो।

[लम्बी साँस लेता है। चित्रलेखा दीप लाकर आरती उतारती है। उसका प्रकाश पुरु के मुख पर पड़ता है। उसका मुख भयंकर दिखाई देता है। दीप के प्रकाश में और भी विकृत दिखाई देता है। चित्रलेखा घबराकर चीख पड़ती है। दीप फर्श पर गिर पड़ता है।]

पुरु : देवी...

चित्रलेखा : *(चिल्लाकर)* मेरे समीप नहीं आइए...यहाँ से चले जाइए... मुझे मत छुइए।

पुरु : (घबराकर) यह क्या चित्रा ? तुम्हीं ने कहा था...

चित्रलेखा : हाँ, मैंने ही कहा !...पर मुझे कुछ पता नहीं। इस समय मुझे क्षमा कीजिए। बाद में आइए। पर अब जाइए। बाहर जाइए...हाय भगवान...

[रोती है। स्वर्णलता भागकर आती है। पुरु धीरे से उठता है।]

स्वर्णलता : देवी...

चित्रलेखा : इन्हें बाहर भेज दो स्वर्णा...यह क्या हुआ...भगवान !

[स्वर्णलता पुरु को बाहर भेजती है। पुरु एक शब्द नहीं बोलता। स्वर्णलता को भी कुछ नहीं सूझता। चित्रलेखा माथा पीटती है और रोती है। स्वर्णलता धीरे से आकर उसके सिर पर हाथ रखती है।]

चित्रलेखा : *(घबराकर पीछे हटते हुए)* मुझे मत छुओ। मैं पापिनी हूँ...मुझे जान से मार डालो...पर चली जाओ यहाँ से... चली जाओ...

स्वर्णलता : देवी, अपने-आपको इस प्रकार शाप मत दीजिए।

चित्रलेखा : *(पागल-सी होकर)* आर्यपुत्र के समान योग्यता नहीं है मुझमें, मैं क्या करूँ ? मैं पापिनी हूँ, पति को बाहर निकाल दिया...पर इसमें मेरी गलती नहीं स्वर्णा...मैं यह सहन नहीं कर सकती।

स्वर्णलता : रोओ देवी ! मैंने यही कहा था, रोकर अपने को दिलासा दो।

[पलंग के पास जमीन पर बैठकर उसका सिर सहलाती है। चित्रलेखा जरा शान्त होती है। बाहर शोर होता है। स्वर्णलता जाकर वातायन बन्द करती है। लौटकर पहले जैसे बैठती है।]

चित्रलेखा : *(वेदना से)* चुपचाप न रहो स्वर्णा...ऐसा लगता है कि यह श्मशान की-सी शान्ति मुझे खाने को आ रही है। बात करो, कुछ-न-कुछ कहो।

स्वर्णलता : मुझे भी वह भय है। पर क्या करूँ देवी...*(धीरे से)* मैंने अपनी कहानी पूरी नहीं बताई है। बताती हूँ। वह इस नीरवता से भयंकर नहीं है। आपकी स्थिति से अधिक दुःखान्त भी नहीं है।

मैं अपने पिता की इकलौती बेटी थी। एक गरीब ब्राह्मण को खाना खिलाया करती थी। उसी ने मुझे

पढ़ाया। उस ब्राह्मण में विद्या थी। उसे यह डर था कि एक वक्त के खाने के लिए एक गरीब ब्राह्मण की सयानी लड़की को विद्यादान करना सुनकर लोग हँसेंगे। सन्ध्या को दीया जलने के बाद आकर पढ़ाता। रात वहीं बिताकर प्रातः उठकर चला जाता। मैं पढ़ी। बड़ी हुई। शादी हुई। मेरे पतिदेव हजारों में एक थे। मेरे सुख के लिए दिन-रात परिश्रम करते। उन्होंने मुझ पर प्रेम की वर्षा की और उसमें सराबोर कर दिया। सदा 'मेरी स्वरु, मेरी स्वरु' की रट लगाते। स्वरु के बिना पूछे एक तिनका इधर से उधर न रखते। दस वर्ष इसी प्रकार बीत गए।

एक दिन उन्हें उस मेरे गरीब ब्राह्मण गुरु की बात मालूम हुई। मन में सन्देह का बीज पड़ गया। मैंने सौगन्ध खाई। प्रार्थना की। पतिदेव के सन्देह को थोड़ा भी प्रमाण मिलता तो वे मुझे क्षमा कर सकते थे। पर सन्देह के लिए कोई आधार था ही नहीं। सन्देह एक व्याधि के रूप में बढ़ने लगा। उन्हें अपने हृदय से उसे हटाना सम्भव न हो सका। दिन, महीने और वर्ष बीतते-बीतते उनका सन्देह बढ़ता गया। रात-भर उनको बिस्तर में छटपटाते देखकर मुझे संकट हुआ। इतना होने पर भी मेरे प्रति उनके प्रेम में तिल-भर भी कमी न आई। मैंने अपने प्रेम से उनको बचाने का प्रयास किया। उनके मस्तिष्क में लाल मकड़ी के जाल के रूप में जो सन्देह पैदा हुआ, उन्होंने भी भूलने का प्रयास किया था पर गया नहीं। महाराज के साथ युद्ध में गए। दूसरी स्त्रियों के पास जाकर मुझ पर आए क्रोध का बदला लेने का प्रयास किया। मदिरा में सुख ढूँढ़ा। शान्ति नहीं मिली, पर वह यह नहीं भूल पाए थे कि स्वरु निर्दोष है। अपने भीतर

खोजना आरम्भ किया। वेदना, तिरस्कार, जुगुप्सा से उनका जीवन ही एक महारोग बन गया।

मैं कैसे उनका तिरस्कार करती ? मेरा प्रेम तो बढ़ता ही गया ! पर दो मनःस्थितियों में जीने के कारण उनका जीवन भार बन गया।

अन्त में उनके मन की शान्ति के लिए मैंने एक उपाय सोचा। उस वेदना की याद आते ही रोंगटे खड़े हो जाते हैं। उससे तो मृत्यु अच्छी थी, देवी ! मृत्यु में धृति है, छुटकारा है। *(रुककर)* मैंने क्या किया मालूम है ? उस रात को जब मेरे पति बिना नींद के तड़प रहे थे तो मैंने उनको जगाया। मैंने स्वीकार कर लिया कि उस गरीब ब्राह्मण के द्वारा मेरे कौमार्यभंग करने की बात सच है।

चित्रलेखा : *(चौंककर)* स्वर्णा, झूठ बोली ?

स्वर्णलता : तब उनकी यातना समाप्त हुई। 'स्वरु' की कहानी भी खत्म हुई। पर स्वर्णलता की यातना समाप्त नहीं हुई। दूसरे दिन वह गायब हो गए। मैं अपने को अब भी सौभाग्यवती समझती हूँ। एक दिन मेरे पतिदेव लौटकर आ भी सकते हैं,...नहीं तो कम-से-कम उन्हें मृत्यु में सुख मिला होगा।

[कंचुकी से विष की डिबिया निकालती है।]

चित्रलेखा : यह क्या है ?

स्वर्णलता : शर्मिष्ठा के विष की डिबिया है। तुम्हारे आने से पहले इस कक्ष को साफ करते समय मिली थी। यह विष...इसे पीने से इस जीवन्त नरक से छुटकारा मिल जाता है। परन्तु वह धैर्य मुझमें नहीं है।

चित्रलेखा : देखें तो। कैसी है वह डिबिया ?

स्वर्णलता : *(डिबिया को उसके हाथ में देते हुए)* देवी, कहा था न

कि मेरी कहानी से तुम्हारा दुःख कम हो सकता है। हम अपने दुःख में एकाकी रहते हैं। कुएँ में गिरे के समान। परन्तु दूसरे कुएँ से आते स्वर सुनाई देने पर वह एकाकीपन कम हो जाता है।

[बाहर से आवाज, स्वर्णलता उठकर देखती है।]

स्वर्णलता : देवी, ययाति महाराज और शर्मिष्ठा !

चित्रलेखा : *(निर्भाव से)* अब, क्यों ? कहो, मैं उनसे भेंट करना नहीं चाहती।

स्वर्णलता : ऐसा न कीजिए देवी, आज नहीं तो कल इस प्रसंग का सामना करना ही पड़ेगा। मन को दृढ़ कीजिए।

चित्रलेखा : नहीं, घबराऊँगी नहीं। स्वर्णा, तुम्हारी जैसी सहेली का साथ भगवान की एक लीला ही है।

स्वर्णलता : घबराओ नहीं देवी, इससे अधिक वेदना सम्भव नहीं है।

[स्वर्णलता चित्रलेखा को एक बार बाँहों में लेकर बाहर भागती है। ययाति आता है। कुछ देर रुककर।]

ययाति : चित्रलेखा, यह क्या किया ?

चित्रलेखा : *(मुँह न उठाते हुए)* मेरी गलती हो तो क्षमा करें।

ययाति : गलत या सही...जाने दो, यों ही दुखी न हो। तुम्हारी परिस्थितियों का बोध मुझे है...पर तुम विदुषी हो, युद्धविद्या जानती हो, इससे भी अधिक संयम दिखाना था। जो हुआ सो हो गया। अब जो अंगकुल की राजपुत्री को, भरतकुल की बहू को शोभा दे, ऐसा व्यवहार करो। इस बात का ध्यान रखो कि तुम्हारा नाम और पुरुराज का नाम दिगदिगन्तों में फैले।

[चित्रलेखा उत्तर नहीं देती है।]

तुम समझदार हो। मेरे कारण तुम्हें दुःख हुआ। पर एक

वचन देता हूँ चित्रलेखा ! पुरु के तारुण्य को मैं अधिक वर्ष नहीं रखूँगा। मेरे उद्‌देश्य पूरे होते ही लौटा दूँगा।

चित्रलेखा : हूँ।

ययाति : चित्रलेखा, तुम्हारी आवाज सुनते ही मेरा खून जम-सा गया। यह सोचकर कि तुमसे ऐसा व्यवहार न हो जाए जिससे दोनों कुलों को लज्जित होना पड़े। जाने दो, जो हुआ सो हो गया। अब पुरुराज आएँ तो उन्हें हँसते-हँसते स्वीकार करो। तुम्हें यह कल्पना नहीं है कि तुम्हारे त्याग के लिए भरतखंड तुम्हारा कितना ऋणी होगा। जाओ पुरुराज को बुलाओ। *(उत्तर नहीं)* चित्रलेखा, धैर्य रखो, जाओ।

चित्रलेखा : नहीं।

ययाति : क्या ?

चित्रलेखा : पुनः तरुण होकर आने तक मैं उन्हें इस अन्तःपुर में आने नहीं दूँगी।

ययाति : चित्रलेखा, तुम कहाँ हो, इसकी कल्पना है तुम्हें ? यह चन्द्रवंशियों का महल है। मैं आज्ञा देता हूँ। तुम्हारा ससुर हूँ इसीलिए नहीं, पर राजा हूँ, उसे भीतर आने दो।

चित्रलेखा : *(धीमे स्वर में)* उन्हें आने दीजिए। मैं राज्य छोड़कर जाती हूँ।

ययाति : तो विवाह क्यों किया ? भगवान की साक्षी देकर, अग्नि की साक्षी देकर जो शपथ ली थी, वह भूल गईं ? तुम्हें उनका अनुगमन करना ही चाहिए। चाहे घर हो, चाहे जंगल।

चित्रलेखा : एक और बात भूल गए, चाहे चिता हो उसमें भी।

ययाति : चित्रा, पाणिग्रहण किए पति की मृत्यु की कामना करती हो ?

चित्रलेखा : *(भड़ककर)* उनको चिता के समीप धकेलने वाले आप हैं, मैं नहीं; तिस पर मुझे सीख दे रहे हैं ? मेरी वेदना को न जानते हुए इतना लम्बा-चौड़ा भाषण दे रहे हैं ? आपने क्या किया ? बेचारा, एक मूर्ख बेटा मिल गया। उसके गले में अपने पाप का बोझ डालकर, मुझे स्त्रीत्व का उपदेश देने लगे हैं ?

ययाति : चित्रा...

चित्रलेखा : मुझे चिल्लाने से मना करने वाले आप कौन हैं ? मेरे अन्तःपुर में आकर चिल्ला क्यों रहे हैं ? मैं आपकी बहू बनना नहीं चाहती थी, पर आपने बनाया, उसका कारण क्या है ? आपकी बहू को विदुषी होना चाहिए। गृहकार्य में दक्ष होना चाहिए। यही है न ? मैंने शस्त्रविद्या भी सीखी है। विद्या की ऐसी पुतली को घर लाकर उसके पाँव में सनातन शृंखला पहनाना आपका ही खेल है। मैंने भाइयों से यह भी सीखा है कि वन्य जन्तुओं से घबराना नहीं चाहिए। तो क्या आपसे डर जाऊँ ?

ययाति : *(हार मानकर)* मुझे क्षमा करो। मुझे चिल्लाना नहीं चाहिए था। पर एक बात कहता हूँ। जब शुक्राचार्य ने शाप दिया तब मैं किंकर्तव्यविमूढ़ हो गया था। पर इसका मतलब यह नहीं कि मुझे अमरत्व का पागलपन है। मेरा पागलपन एक ही है, मेरी प्रजा।

चित्रलेखा : *(हँसकर)* आपके तारुण्य और आपकी प्रजा, इन दोनों में सम्बन्ध है, जो आप कहने का प्रयत्न कर रहे हैं ?

ययाति : हँसो नहीं, यह बात सच है। मैंने जिन कार्यों को हाथ में लिया, उनमें अनेक बीच में ही रुके हैं। यत्न करके, हारकर, मैंने उनके उपाय सीखे हैं। अपरिमित धन और अगणित लोगों की बलि चढ़ाकर मैंने उन कार्यों को

आरम्भ किया है। पुरुराज को अनुभव नहीं है। यदि वह कार्य आरम्भ करे तो पुनः उन गलतियों की पुनरावृत्ति हो सकती है। यह भी निश्चित रूप से कैसे विश्वास करें कि वह सफल हो ही जाएगा ? देखो इस समस्त साम्राज्य का भविष्य तुम्हारे निश्चय पर निर्भर है। *(दीन होकर)* कार्य समाप्त होने पर पुरुराज के यौवन को पुनः लौटा दूँगा। अब तो विचार करो।

चित्रलेखा : विचार...विचार...महास्वामी, रक्त के ईर्ष्या और द्वेषों को विचारों का बाना पहनाकर थक गई हूँ। पलकों के झपकने में भी तरुणियों के गालों पर व्यक्त होने वाले भाव-तारुण्य के चारों ओर, काल जो प्रभाव उत्पन्न करता है, उसका ज्ञान आपको मुझसे ज्यादा होगा। आपसे पूछती हूँ, आपको यह कल्पना है कि आपका कार्य समाप्त होने तक मेरी आयु क्या हो जाएगी ?

ययाति : *(उसकी ओर न देखते हुए)* अब केवल कुछ ही वर्ष ? तुम अब भी छोटी हो। मुझे गत पन्द्रह-बीस वर्षों का अनुभव है। अब केवल पाँच-छः वर्ष पर्याप्त हैं। नन्दनवन का निर्माण करूँगा।

चित्रलेखा : केवल पाँच-छह वर्ष ! केवल ! कैसा शब्द ! मनुष्य का जीवन पंचांग पर नहीं चलता है। नाड़ी के स्पन्दन पर चलता है। आपका नन्दनवन मुझे नहीं चाहिए। पन्द्रह दिन पहले मुझे नन्दनवन मिला था। परन्तु आज सूर्य की आधी प्रदक्षिणा समाप्त होने से पहले शताब्दी बीत गई है। मेरे तकिए पर बिछे स्वप्नों को अपने पाँवों से कुचलकर वह चला गया। आप अपने पाँच-छह वर्षों की बात क्या कहते हैं ?

ययाति : यहाँ व्यक्ति का प्रश्न नहीं चित्रलेखा ! समस्त राज्य का

प्रश्न है। एक ओर तुम्हारा जीवन है, दूसरी ओर राज्य का उज्ज्वल भविष्य।

चित्रलेखा : पर मैंने जन्म ले लिया है। आपके उज्ज्वल भविष्य ने अभी जन्म नहीं लिया है। अभी पैदा होने वाले बुलबुले के लिए किसी का अस्तित्व ही पानी में मिला दूँ।

ययाति : ईर्ष्या के भँवर में फँसो नहीं बेटा ! वह भविष्य दूसरों का ही नहीं है। वह तुम्हारा भी है। मैं जिस नन्दनवन का निर्माण करने जा रहा हूँ, वह केवल प्रजा के लिए नहीं है। तुम्हारे लिए, पुरुराज के लिए। तुम्हीं लोग उसके राजा-रानी हो। जरा संयम करो।

चित्रलेखा : मुझे जब से समझ आई, तब से मैं संयम से हूँ। अब वह कुछ भी बचा नहीं है। किस स्त्री में बचा रह सकता है ?

ययाति : ऐसा न कहो। यह परीक्षा का समय है। केवल हमारा भविष्य ही नहीं, हमारा इतिहास भी हम पर दृष्टि गाड़े बैठा है। पहले ऐसा कभी नहीं हुआ था। आगे होगा भी नहीं। यह न भूलो कि पहले कभी भी किसी स्त्री के सामने ऐसा प्रसंग नहीं आया था। यह तुम्हारी असामान्यता की ही परीक्षा है। तुम असामान्य बनो। चित्रलेखा, असामान्य बनो।

चित्रलेखा : बनूँगी महाप्रभु ! पर आप इस असामान्यता से डरकर भागिए नहीं। इतनी देर तक कारणों के पीछे छिपे रहे, अब नहीं छिपिए।

ययाति : *(कुछ भी समझ में न आने पर)* इसका मतलब ?

चित्रलेखा : डरपोक और झूठ बोलनेवालों के लिए तर्क अनिवार्य होता है। आपने तर्क से मेरे चारों ओर चक्रव्यूह का निर्माण किया है। अब उस तर्क के शुद्ध विनाश का सामना करने का धैर्य है आपमें ?

ययाति : जो मुँह में आता है, बड़बड़ाओ नहीं। अब तक मुझे डरपोक कहने का साहस किसी को नहीं हुआ है।

चित्रलेखा : यह उसी की परीक्षा का समय है। पहले ऐसा कभी नहीं हुआ, आगे भी नहीं। पहले जैसा किसी ने नहीं किया, ऐसा करने का आपमें साहस है क्या ?

ययाति : तुम्हारी बात का क्या अर्थ है, चित्रलेखा ?

चित्रलेखा : *(मुस्कुराकर)* मैंने जब पुरुराज का वरण किया तब मुझे उनका परिचय नहीं था। मैंने वरण किया था, उनके तारुण्य को, मेरे गर्भ में चन्द्रवंश की वृद्धि करने वाले पौरुष को। उन सबको आपने चूस लिया। अब उन्हें चलने के लिए भी सहारा चाहिए। आँखें दीये की रोशनी सहन नहीं कर सकतीं। मैंने जिन गुणों का वरण किया था अब एक भी उनमें शेष नहीं है, पर...पर वे सब गुण आपमें अब भी हैं।

ययाति : *(मुँह से शब्द निकल न पाने से)* चित्रलेखा ?

चित्रलेखा : आपने अपने बेटे से तारुण्य छीन लिया। इसलिए तो यह तर्कसंगत है कि उससे सम्बन्धित सब आप स्वीकार करें।

ययाति : पिशाच ! ऐसे नीच व्यभिचार का निमन्त्रण तुम मुझे दे रही हो ?

चित्रलेखा : यह क्या महाप्रभु ? नीति तो अपनी रक्षा के लिए सामान्य जनता द्वारा निर्मित बन्धन है। पैदा हुए बच्चे प्रबल प्रवाह में पेड़-पौधों के समान दिशाहीन - निराधार न हो जाएँ इसीलिए ये योजनाएँ बनाई गई हैं। हमें असामान्य होना चाहिए। ऐसी घटना कभी नहीं घटी थी। पूर्वजों की नीति की बेड़ियों को हम क्यों धारण करें ?

ययाति : यह क्या, कैसी गन्दी बातें। अंगदेश की राजपुत्री तुम ? तुम्हारे सिर में यह कैसी गन्दगी भरी है !

चित्रलेखा : मैंने जो शिक्षा पाई, यह उसका मूल्य है। शिव और सुन्दर के साथ अमंगल और कुरूप को भी सत्य का भाग कहने में कोई डरपोक ही आँखें बन्द कर सकता है।

ययाति : चुप रहो पशु ! मनुष्यों के साथ रहने पर भी तुमनें कुछ मनुष्यत्व नहीं सीखा ?

चित्रलेखा : मुझे भी मनुष्यत्व में विश्वास था। पर जगत् में मनुष्य नहीं है। केवल मुखौटे हैं। मुखौटे... *(उसके सामने खड़े होकर)* यह महल...जिसमें मनुष्यता थी, आप जैसे मनुष्यों से भरा महल। इस महल में जिस दिन मैं बहू बनकर आई, उसी दिन मुझे क्या मिला, मालूम है ? सबसे पहली यह चीज, उस सास से जो इस घर को छोड़ गई है।

[अपने पास के मंगलसूत्र के रत्न को हाथ पर रखकर उसकी ओर बढ़ाती है। उसे देखकर ययाति का मुँह सफेद पड़ जाता है।]

यह देवयानी के मांगल्य का रत्न है न ? दूसरी यह जो अब तक सास नहीं बनी हैं, उनकी।

[विष की डिबिया को दिखाती है। ययाति दिग्भ्रान्त होता है। चित्रलेखा वातायन खोलकर बाहर देखते हुए रोती है।]

ययाति : फिर वही धिक्कार। एक जन्म में जो सीख नहीं सका, उसे एक दिन में सीखने का अवसर आ गया। तुम्हारा कहना सच है। हमारा मन पंचांग के साथ पग नहीं रखता। वह कभी-कभी आँधी की तरह भागता है। उसे पकड़कर रखने के लिए यह नीति, यह समाज है। उसकी ओर मैंने कभी ध्यान नहीं दिया। परन्तु जनता ! उसे कैसे लात मारूँ ? शैशव से मेरे चारों ओर जनता थी। उनकी प्रशंसा के एक शब्द के लिए दस अश्वमेध यज्ञ किए।

यह दिखाने के लिए कि मैं उनकी जिद की परवाह नहीं करता, दस पाप किए। परन्तु मैंने जो भी किया है, यह जनता मेरे जीवन का एक अंग बन गई है। इस बुढ़ापे में एकाकी होकर रहना असाध्य है। अब जनता में मुझे विश्वास नहीं है। पुरुराज ने जब यह बुढ़ापा स्वीकार किया तब जनता ने जय-जयकार किया। परन्तु उस जय-जयकार में यह ध्वनि नहीं थी कि एक महान कार्य हुआ है। उसके पतन को देखकर उन्हें अपनी स्थिरता का समाधान हुआ। यह सब मेरे लिए नया नहीं है। जब मैं दिग्विजय पर निकला तो रास्ते-भर में खड़े होकर वर्षा में चीत्कार करने वाले कीड़ों के समान जयघोष करनेवाली जनता...तब भी उनकी आँखों में एक ही आनन्द था। मृत्यु के मुँह में जाने पर भी अपनी-अपनी क्षणिकता में वे अपने को स्थिर समझते थे। वहाँ आदर्श, कीर्ति, पराक्रम इनका कोई अर्थ नहीं है...एक एकाकी होने का भवितव्य उससे भी बढ़कर भयानक है...यह भय नहीं हटता चित्रलेखा !

चित्रलेखा : आपकी जनता, आपकी प्रजा। आपको अपनी बहू के अन्तःपुर में इतनी रात गए तक देखकर क्या कहती होगी ? शर्मिष्ठा क्या कहती होगी, मालूम है ?

ययाति : इसीलिए शर्मिष्ठा को बुला लाया। पर उसने कहा कि तुम्हें फिर से दुःख देने के लिए मैं नहीं आऊँगी। जनता जो चाहे कहे...धिक्कार दे; परन्तु धिक्कार देने के लिए भी मुझे उसकी आवश्यकता है। मेरा पतन हो तो उसे देखकर ताली तो बजाने के लिए मुझे उनकी आवश्यकता है।

चित्रलेखा : इतना प्रलाप करने का सार यह निकला कि न तो आप

पुरुराज के तारुण्य को लौटाएँगे और न ही मुझे स्वीकार करेंगे। यही है न ?

ययाति : मैं यह जानता हूँ कि तुम्हारे मधुर जीवन को सत्यानाश कर रहा हूँ। पर शर्मिष्ठा के कहने के अनुसार इस खेल का कोई उत्तर नहीं है। मुझे यह खेलते ही जाना होगा।

चित्रलेखा : *(हँसकर)* शर्मिष्ठा ने ऐसा कहा ? ठीक है। यहाँ देखिए महाप्रभु, खेल का उत्तर।

[विष की डिबिया दिखाती है।]

ययाति : *(घबराकर)* चित्रलेखा, मूर्खता न करो।

चित्रलेखा : मूर्खता ? आपकी सभी विजयों के लिए मेरी क्या आवश्यकता है ? आपके पास तारुण्य है। पुरुराज के पास त्याग है। मैं क्या करूँ यहाँ ?

ययाति : चित्रलेखा, रुको, मेरी बात सुनो।

[आगे जाकर उसका हाथ पकड़ता है, पर ऐसे पीछे हटता है मानो बिच्छू ने उसे डंक मारा हो।]

चित्रलेखा : देखा ? आप चाहते हैं कि मैं विष न पीऊँ। पर मुझे रोकने के लिए भी आपका हाथ आगे बढ़ता नहीं है।

ययाति : ऐसा नहीं, सुनो *(चिल्लाकर)* शर्मिष्ठा !...दासी !

[चित्रलेखा विषपान करती है। पहले हँसती है फिर एकदम वेदना से मुँह विकृत हो जाता है। तड़पने लगती है तो शर्मिष्ठा और स्वर्णलता भागकर आती हैं। वह उनके हाथों में गिरती है।]

स्वर्णलता : देवी...देवी !

चित्रलेखा : मुझे बचाओ। मुझे मरने न दो, स्वरु, मुझे बचाओ,... बचाओ स्वरु...स्वरु *(मर जाती है।)*

स्वर्णलता : हाय देवी *(उस पर गिरकर रोती है।)*

शर्मिष्ठा : मेरी विष की डिबिया उसके हाथ में कैसे आई ?

ययाति : वैद्यों को बुलाओ शर्मिष्ठा, वैद्यों को बुला भेजो।

शर्मिष्ठा : चुप रहिए, इस विष का वैद्य कुछ नहीं कर सकते।

ययाति : मुझे उसके हाथ पकड़ने का धैर्य नहीं हुआ। उसके विवाहित होने पर भी धैर्य नहीं हुआ।

शर्मिष्ठा : *(क्रोध में आग होकर)* विवाहित...विधवा...कुमारी...तो क्या हो गया ? आपने उसके जीवन का नाश कर दिया। मेरे मना करने पर भी आपने सुना नहीं। आपको यौवन की लालसा सवार थी। भवितव्य सवार था !

ययाति : चुप रहो शर्मिष्ठा।

[एकदम स्वर्णलता हँसती है। चित्रलेखा के शव की ओर देखते हुए बैठ जाती है।]

स्वर्णलता : मैंने उसे मार दिया। वह तड़पती थी।

शर्मिष्ठा : स्वर्णा, क्या कहा ?

स्वर्णलता : परन्तु मृत्यु में भी शान्ति नहीं थी, 'स्वरु, बचाओ, बचाओ...' मृत्यु में भी सुख नहीं था।

शर्मिष्ठा : स्वर्णलता, स्वर्णा...

[स्वर्णलता को पकड़कर झकझोरती है। उसे पूर्ण रूप से भ्रम हो चुका है। केवल चित्रलेखा के मुँह की ओर देखती हुई—"बेचारी 'बचाओ स्वरु' कहते तड़पती रही।" कहकर बैठने लगती है।]

शर्मिष्ठा : यही है आपके भवितव्य का आधार। एक प्रेत बनी, दूसरी पागल बनी, तीसरी पतिता। *(चलती है।)*

ययाति : कहाँ चली

शर्मिष्ठा : महल के सामने हजारों लोग एकत्र हैं। उनको यह समाचार मिलने से पहले मुझे चली जाना चाहिए। इसका पाप मेरे सिर पर है महाप्रभु !

ययाति : जाते समय पुरुराज को भीतर भेजोगी ? वह बेचारा तड़प

रहा होगा।

शर्मिष्ठा : उसकी चिन्ता आपको क्यों ? वह भी अपने बुढ़ापे का भार उठाते थक गया है। यहाँ से जाने के बाद से पलंग पर बैठकर ऊँघ रहा है।

ययाति : उसे भीतर भेजो और मेरी राह देखती रहो।

शर्मिष्ठा : आपकी राह ?

ययाति : भरतकुल के लोग जब वानप्रस्थ जाते थे तब शंख और दुन्दुभी से सारा नगर गूँज उठता था। आज मेरे साथ इस दासी का रोदन है। उसके साथ जनता के फूत्कार करने से पहले मैं तुम्हारे साथ चलना चाहता हूँ।

शर्मिष्ठा : *(तिरस्कार से)* जनता के फूत्कार के अतिरिक्त आपके मन को और कोई भी बात छू ही नहीं पाई ?

ययाति : यह बाद में बताऊँगा। अब पहले जाओ।

[शर्मिष्ठा जाती है। ययाति चित्रलेखा के शव की ओर देखता हुआ खड़ा रहता है। स्वर्णलता अपने-आप में हँसते हुए चित्रलेखा के शव को ठीक से लिटाती है। ययाति की आधी चेतना ही बच पाती है। आगे के संवाद के साथ वह अधिक कमजोर दिखने लगता है।]

ऐसा लगता है मानो मेरे सिर में मधुमक्खियों का छत्ता खुल गया है। बेटी, विष की जलन में भी जीने की इच्छा नहीं गई ?

[थोड़ी देर में ही शर्मिष्ठा की सहायता से पुरु अन्दर आता है। ययाति दुर्बल होता जाता है और पुरु की शक्ति पहले जैसी होती जाती है।]

पुरु : क्या है पिताजी ?

ययाति : मेरी एक प्रार्थना है। मेरे यौवन को तुम पुनः ले लो।

पुरु : यह क्यों पिताजी ? आपको अभी बहुत से कार्य करने हैं। बाप रे ! बहुत थकान हो गई है। मुझे...पलंग पर बिठाओ। मुझे यौवन नहीं चाहिए...पिताजी...।

[पलंग के पास जाता है। उस पर लिटाए चित्रलेखा के शव को देखकर काँपता है। शर्मिष्ठा भी रोती है।]

पुरु : हूँ ! यह क्या ?

ययाति : तुम्हारी वधू चित्रलेखा। उसने विष पी लिया है पुरु !

शर्मिष्ठा : महाराज के पुनर्जीवन की प्रथम विजय !

[पुरु चित्रलेखा को आँखें फाड़कर देखता है।]

पुरु : वह चली गई तो जाने दो। मैं किसी भी त्याग के लिए तैयार हूँ।

शर्मिष्ठा : महाराज के बुढ़ापे के साथ उनका स्वभाव भी आ गया पुरु ? यह बच्ची बेचारी यहाँ मरी पड़ी है। उसके लिए रोनेवाली महल की एक दासी के अतिरिक्त और कोई नहीं है ?

पुरु : बूढ़ी आँखें...उनका सारा पानी सूख गया है।

शर्मिष्ठा : त्याग का अतिरेक भी एक मोह है। वह क्यों नहीं सूख गया पुरु ?

ययाति : हाँ, क्यों नहीं सूख गया पुरु ? मैं इन सबसे थक गया हूँ। शर्मिष्ठा, भोग की लालसा ने जलती आग के समान जीवन की ही बलि ले ली है।

त्याग से डरकर भोग की ओर गया पर इस अकाल यौवन से वह भी प्राप्त नहीं हो सका। पुरु, अपने यौवन को वापस ले लो। अच्छी तरह राज्य करो। चित्रलेखा के मरण के समान और कोई पाठ नहीं है।

[ययाति पुरु का आलिंगन करता है। दोनों जब

अलग होते हैं तो पुरु पूर्ण चेतनायुक्त और ययाति निर्बल दिखते हैं। बाद में पुरु शर्मिष्ठा के पाँव छूता है।]

ययाति : चलो शर्मिष्ठा ! हमें रात होने से पहले जंगल पहुँच जाना है। अपने किए पापों को अरण्य में व्रत करके धोना है। यौवन इस नगर में बिताया है। बुढ़ापा अरण्य में बिताऊँगा।

[ययाति और शर्मिष्ठा जाते हैं। स्तब्धता। पलंग पर चित्रलेखा का शव पड़ा है। पलंग के एक कोने में उदासीन स्वर्णलता खड़ी है। पुरुराज धीरे से पलंग की ओर जाता है। उसकी ओर देर तक देखता खड़ा रहता है।]

पुरु : ऐसा लगता है मानो हमने तुम्हें मरने के लिए ही बुलाया था। पर तुम हमारी नहीं थी देवी, किसी पूर्व जन्म के ऋण के समान आकर तुमने हमें सही पाठ पढ़ाया। पर तुम्हारा आत्मघात हमारी समझ में नहीं आता।

[स्तब्धता। एकदम आर्त ध्वनि में।]

इन सबका अर्थ क्या है भगवान, इसका अर्थ क्या है ?

[पर्दा गिरता है।]

●●●